阅读与意识的形状

吕国庆 著

漓江出版社
·桂林·

图书在版编目（CIP）数据

阅读与意识的形状 / 吕国庆著. -- 桂林：漓江出版社，2024.5
ISBN 978-7-5407-9804-8

Ⅰ.①阅… Ⅱ.①吕… Ⅲ.①随笔—作品集—中国—当代 Ⅳ.① I267.1

中国国家版本馆 CIP 数据核字（2024）第088517号

阅读与意识的形状
YUEDU YU YISHI DE XINGZHUANG

吕国庆　著

出 版 人	刘迪才
策划编辑	何　伟　黄　圆
责任编辑	宁梦耘　黄　圆
助理编辑	王钧易
装帧设计	唐秋萍
责任监印	杨　东

出版发行	漓江出版社有限公司
社　　址	广西桂林市南环路22号
邮　　编	541002
发行电话	010-85891290　0773-2582200
邮购热线	0773-2582200
网　　址	www.lijiangbooks.com
微信公众号	lijiangpress

印　　制	北京中科印刷有限公司
开　　本	787 mm×1092 mm　1/32
印　　张	7.75
字　　数	140千字
版　　次	2024年5月第1版
印　　次	2024年5月第1次印刷
书　　号	ISBN 978-7-5407-9804-8
定　　价	43.00元

漓江版图书：版权所有，侵权必究
漓江版图书：如有印装问题，请与当地图书销售部门联系调换

本书献给赵晶晶和赵米诺

目 录

第一辑　阅读的光影

诗　歌　鲁迅的"枣树" *003* ／ 爱伦·坡与纯诗 *004* ／ 艺术家与造物主 *005* ／ 世法与诗法 *005* ／ 乔伊斯翻译《秋歌》 *006* ／ 卞之琳的文体 *007* ／ 《乡愁》中的世界 *008* ／ 两位大师分道扬镳 *008* ／ 声音的幽灵 *009* ／ 远离魔域 *010* ／ 农民诗人卡瓦纳 *010* ／ 李商隐的自恋 *011* ／ 评论不是文学 *012* ／ 叶维廉的诗论 *013* ／ 碎裂对抗空虚 *013*

小　说　如见如闻的过年 *014* ／ 现代小说的宗师 *015* ／ 现代小说的典范 *015* ／ 包法利夫人的警示 *016* ／ 人性弱点 *016* ／ 法国的金庸 *017* ／ 福楼拜是虚无主义者 *018* ／ 真爱无名 *019* ／ 真人与好人 *019* ／ 现代主义是浪漫主义的天敌 *020* ／ 劳伦斯的二元

论 *021* / 文人相轻 *021* / 不合时宜的天才 *022* / 现代主义的经典叙述 *023* / 乔伊斯表现环境音 *023* / 包法利主义者的句法 *024* / 乔伊斯向布卢姆致敬 *025* / 《尤利西斯》第十一章的结构特质 *026* / 《尤利西斯》中的星眼 *026* / 纯粹主体 *027* / 可能世界 *027* / 《水浒传》是文人的创造 *028* / 不完整的生活 *029* / 小说中的修辞 *029* / 永远的史湘云 *030* / 秦钟的说教 *030* / 《红楼梦》是学者编校版 *031* / 白先勇与张爱玲 *031* / 张爱玲捕捉日常生活 *032* / "腰干了"与"声名狼藉" *032* / 《逍遥游》的缺憾 *033* / 文字的赶尸人 *034* / 纳博科夫的残酷 *035* / 从有用到无用 *035* / "斗地主"与《被窃的信》 *036* / 熵增与熵减 *037* / 电报体不重复 *038* / 先验与经验 *038* / 以先验冒充经验 *039* / 陀思妥耶夫斯基的多重人格 *040* / 地下室人格 *040* / 被语言殖民 *041* / 敬畏虚构 *042* / 叙述世界的重建 *042* / 现实世界与虚构世界 *043* / 正确地思想与救赎 *043* / 安娜存在的瞬间 *044* / 亦真亦幻的灵魂 *045* / 庞德的教诲 *045* / 爱尔兰人的良知 *046* / 活的形象 *046*

电　影　　电影的隐喻 047 / 包法利主义电影 048 / 胡金铨风格 048 / 年华老去 049 / 共享与干预 049 / 多余的环境音 050 / 阳光与色彩 050 / 去海边自恋 051 / 《山河故人》中的永恒轮回 052 / 《野草莓》中的缺憾 053 / 节奏就是生命的本质 056

阅读与学问　　阅读的开端 058 / 阅读即献祭 058 / 有机的句子 059 / 童年的阅读 060 / 坐屁股与做学问 061 / 死掉的语言 061 / 大师遛街 062 / 误入生活的局外人 062 / "不可摧毁性" 063 / 音乐与人格 063 / 内容导向的批评 064 / 少年时代的阅读 065 / 天才也轻薄 066 / 知识的立场 066 / 重新加载 067 / 快乐与投入 067 / 暴饮暴食 068 / 人性与文明 068 / 混乱不能逃离 069 / 弗洛姆就是皮尔·金特 070 / 现代主义的头面人物 071 / 高度现代主义 071 / 实用性被剥夺的小便器 072 / 做学问就像探案 073 / 夏济安的鉴赏判断 073 / 佩特与白杨树 074 / 福楼拜的中年焦虑

074 / 张爱玲喜好的颜色 075 / 了解之同情 076 / 惠斯特勒与王尔德 076 / 奥威尔的审美觉醒 077 / 好抒情 077 / 吃读与献祭 078 / 推卸责任 079 / 伍尔夫与福克纳的板腐 080 / 固定真相 080 / 节奏即人 081 / 读书就是目的 082

立时经验 秋天的游荡 083 / 冬日的午后 084 / 与阳光照面 085 / 从岭南路看西山 085 / 旧相识与新相知 086 / 重复战胜欲望 086 / 局外人 087 / 感冒的延宕 087 / 作者隐退 088 / 人物的句法 089 / 给是剩余价值 090 / 童年的白杨树 090 / 有限的幸福 091 / 1904年的都柏林 091 / 恐高症是一种死亡焦虑 092 / 常识即庸见 092 / 腔调保卫人性 093 / "簌簌无风花自堕" 093 / 自我是众声喧哗 094 / 独白不孤独 094 / 浮光掠影 095 / 选择是有后果的 096 / 尼采的预言 096 / 躲进阳台成一统 097 / 创造性的人生 098 / 过渡空间的虚拟实境 098 / 人工智能与包法利主义 099 / 战胜线性时间 099 / 五一节 100 / 死与莎

士比亚化 *101* / 无机物的天地 *102* / 判断产生噪声 *103* / 过年就是生活在别处 *103* / 过年需创新 *104* / 故乡只是一个虚构 *105* / 浮生一梦 *105* / 从自我到自性 *106* / 中年梦境 *106*

第二辑　意识的形状

细　　读　　行行重行行 *111* / 福楼拜，你的观察位置是否体面 *113* / 脊椎骨上的战栗 *115* / 海明威与巴别尔 *118* / 相似事件举隅 *121* / 男女的职分 *122* / 漂亮的锁骨与完美的喉咙 *124* / 午夜 *126* / 《红楼梦》中的东北方言 *130* / 文学印象主义 *131*

人　　物　　灯花深影里的笑声 *135* / 彪悍 *137* / 至高无上的存在 *139* / 铅笔与阅读 *141* / 沈从文的常青 *143* / 关于沟口健二的二三事 *145* / 斯泰因小姐 *148* / 芭比波朗与塞尚 *150* / 用音乐拿出一个世界

	152 / 迈克尔·格拉顿　154 / 凯伦·劳伦斯 156 / 乔伊斯眼中的作家　158
互 文	鲁迅先生与西门大官人的美学观之比较　160 / 文学中的伤寒　163 / 洁净　165 / 涉阶而没　167 / 音乐与下午的阅读　168 / 间性的主体与《野草莓》　171 / 印象与《色│戒》　173 / 掌声阴影里的《三峡好人》　175 / 草地上的午餐与景深镜头　178 / 节奏与艺术　181 / 伯格曼、意识流、木心　182 / 空气感与文体　185
自 我	孤独的生活　188 / 人去楼空　190 / 九月一日　193 / 风和白杨树　195 / 登州府　197 / 余裕的精力　199 / 北京的大风　201 / 博士论文的焦虑　203 / 老无所依　205 / 王太太与于太太　207 / 空间攻占与价值判断　209
推 敲	乔伊斯、波德莱尔及结构主义　211 / 四十不惑，四十岁就是一生？　213 / 文人的困境

217 / 封锁 *219* / 现实与意识中心的互文 *222* / 女演员的给与艺术 *224* / 从欧化句式谈及精确表述 *228* / 反讽、哈姆莱特、苏格拉底 *230* / 拉架与自然主义 *231* / 珍珠的质地与文体 *233*

后记 235

第一辑

阅读的光影

鲁迅的"枣树"

鲁迅《秋夜》的起首,"在我的后园,可以看见墙外有两株树,一株是枣树,还有一株也是枣树",已成名句。看上去,这句诗应该与北宋诗人梅尧臣"状难写之景如在目前,含不尽之意见于言外"的名言不相干,但是,根据黑格尔的意见,最熟悉的东西往往最不易被认知;也正如维特根斯坦所言:"对我们最为重要的事情,因为单纯和熟悉,它的很多方面隐而不显。"自家的后园自然是熟悉和重要的,而这些熟悉和重要的经常淹没在那些指称它们的习语中,如同火车站里无人领取的包裹。如此看来,若能把这些熟悉而重要的东西状写得"语语都在目前",这实在是一件困难的事情。

张竹坡认为,"凡看一书,必看其立架处";鲁迅这句诗中,主人公、后园、墙、一株枣树及另一株枣树,"皆其立架处也"。立架一定,各种关系便可以合乎情理地呈露。诗中的立架也区别于叙述文,语言简切、顿挫。

鲁迅这一句诗，一顿三挫，空气流通，蕴藉着沉郁的基调；而"沉郁顿挫"正是杜甫诗歌的高格所在。这一句诗中，人物无处可见，却因为对视觉形象的状写，使得他被戏剧化得"无往不在"了。后园、墙、一株枣树及另一株枣树都是各自独立的意象，却并未相互割裂，哪怕不考虑立架的统合功能，仅是那一"无往不在"的人物的"中心意识"，就可以把它们全然融聚为一个整体了。

立架，人格化的关系，这般自相连缀的境，是如此无碍无遮地诉诸读者的知觉；这不就是"不隔"，不就是"言有尽而意无穷"吗？因为那文中境不再是习惯的、钝的，作者对它已然"从旧相识进而成真相知"，而思理的细针微线几近"羚羊挂角，无迹可求"了。

爱伦·坡与纯诗

爱伦·坡将人的认知领域像康德一样分为纯粹智力（真理）、趣味（美）和道德感（责任）。他认为，诗是美的有节奏的创造，而诗的唯一裁断者是趣味；它与真理和责任只具有间接关系。爱伦·坡的纯诗观通过波德莱尔的译介传入法国，19世纪70—90年代，象征主义诗人将它付诸实践。

艺术家与造物主

《谈艺录》中的一处按语,钱锺书以为福楼拜将诗人分为两派,但究竟是哪两派,钱锺书没说,随后他的行文跳接到福楼拜关于艺术家的比喻。其实,福楼拜的原文是说,就文学而言,有两类作文风格迥然不同的人:一类是辞采张扬,个性膨胀;一类深掘如其所是的真实,题材不论高卑。这与朴素诗或感伤诗的区划毫无关系。有一点福楼拜的确与席勒的立论相似:艺术家的创作如同上帝之于造物,无往不在,而又无处可见。

世法与诗法

文学史上影响深远的作者,其著作往往是文体混用的。顾随说,一切世法皆是诗法,也就是怎么样生活就可以怎么样写作。乔伊斯就是这样肯定海明威的。

"后人以'世法'为俗,以为'诗法'是雅的,二者不并立。自以为雅而雅的俗,更要不得,不但俗,且酸且臭。俗尚可原,酸臭不可耐。"

"雅不足以救俗,当以'力'救之。"

"世上困苦、艰难、丑陋,甚至卑污,皆是诗。"

所以文学和生活是不可分的，如普鲁斯特所言，文学越是像生活，它就越艺术。而所谓"文体要对应未来的人民"或"过去的好时光"，又比如吟风弄月、鲜花美酒式的雅，没节操地放纵想象力，这些都是文体分用的精神分裂文案家的俗酸臭的临床症状。一个时代如果已经发生了转变，以"心清如水，物来毕照"的姿态如实刻写当下的生活，这样的写作就是当代的；这样的作者调和了世法与诗法，与当代同构地成为当代人。

乔伊斯翻译《秋歌》

乔伊斯18岁的时候翻译了魏尔伦的《秋歌》。译文读起来让人觉得这首诗仿佛就是这样写成的，其中的错误应当属于创造性的转化。乔伊斯从魏尔伦那里学到了节奏、用词和句法之间的相互依存，给造句"减脂"，以及不加雕饰且自我丰盈的表述。

卞之琳的文体

年复一年讲华兹华斯的《孤独的割麦女》，对照的都是卞之琳的译文。卞之琳按照 ABABCCDD 的韵式翻译原诗，原诗第一、四节的一、三行不押韵，译文通押。卞之琳还用每行四音组对译原诗每行的四音步，原诗每节的最后一行是三音步，译文也一律用四音组。卞之琳的用字也极尽考究，全然契合原诗的意境。所以卞之琳的译文通达、工整、美雅。江枫说，这是以"似"致"信"。事实上，译文的信是针对意义而言的，在节奏和韵律上，译文只能做到似。所以译文不能替代原文，它是原文（*尤其是声音*）的隐喻。好的译文不是原文与读者之间的黑中介，而是让读者意欲沟通原文的媒人。

所谓"生命体验""情感浓烈"，在穆旦那里，不过是意识形态的回声。艺术一定要征服意识形态。意识形态在艺术的文本里不应当具有形式功能。在卞之琳看来，生命体验以及情感仅仅是文体，是用参差均衡律构造的语言形式。意识形态是可以被再生产的；文体也可以被重写，但是在被重写的鸡尾酒里，文体是一枚拒绝融化的冰。

《乡愁》中的世界

余光中的《乡愁》,我们仿佛都是读得懂的;实际上,我们只懂得自己的滥情;我们太容易感动了,竟然忘记把它当作诗来懂得了。如果暂时搁置自我中心,把注意力聚焦在诗句上,你会发现,每个字都是诗人精心选择的,没有一个字是多余的,没有一个字与那诗句是不相契合的;而且每组诗句,都凝缩地显示了一段活的经验,各段经验剪切到一起,也仿佛是流动的。也就是说,这首诗,我们可以读得懂,然而,我们永远也作不出来,因为诗人是用春秋的法子,把经验比方出来,一句是一句,是关联的美的有节奏的创造。

两位大师分道扬镳

庞德和大诗人弗罗斯特有过一段时间的友谊。就在弗罗斯特寂寂无闻的时候,庞德的推介让他开始走红了。但是,庞德一贯看重作品的结构,擅自把弗罗斯特诗中被形塑的能量(patterned energy)剪裁出来,这让自负的弗罗斯特很气恼。根据王敖的记述,有一回见面,庞德突然想试验一下自己新学的柔道招数，于是，他出其不备，一下子把弗罗斯特放翻在地，当众。两位大师从此分道扬镳。

声音的幽灵

艾略特1965年就死掉了，但他的声音今天还可以听到。当年，在布鲁姆斯伯里，艾略特向伍尔夫朗读过他的现代主义长诗《荒原》。伍尔夫是1941年死掉的，我们今天的人竟然可以和她一样能够听到艾略特朗读的《荒原》。这太让人震惊了，情形就像罗兰·巴特当年看见一张照片，里面的人竟然见过拿破仑。罗兰·巴特也早已经死掉了，但是，他看见的照片，我们现在还可以看见。

艾略特的声音本来是唯物主义的，现在成了幽灵，依然在场。伍尔夫当年不知道艾略特的《荒原》是怎样连成一个整体的。根本不需要知道，因为艾略特就要让那些精神的碎片自成为一个世界，以此对抗他的废墟。现在我们依然可以听艾略特朗读自己的《荒原》，和同学们一起讨论《荒原》——作者已死，却阴魂不散。

远离魔域

原来，华兹华斯隐居于英格兰北部的高山湖畔，和他阅读弥尔顿《失乐园》直接相关。在《失乐园》中，撒旦从地狱燃烧的火湖中一现身，就开始建造万魔殿。万魔殿就是撒旦王国的首善之都，是所有城市的典范，与牧歌式的乡村相对立。华兹华斯25岁的时候就憎恨伦敦，把它看作堕落的罪愆之地。城市是傲慢的，是魔域，所以华兹华斯要隐居，把自己拯救出来，最终成就他天使派诗人的身份。

农民诗人卡瓦纳

1931年，诗人帕特里克·卡瓦纳（Patrick Kavanagh，1904—1967）已经27岁了，从他家乡的农场一路靠着讨要面包，步行去都柏林，就为了拜访笔名为AE的都柏林大诗人乔治·罗素（George Russell，1867—1935）。他当时的写作沉闷而晦涩，似乎与AE是同道中人。AE接待了他。回乡的时候，这位诗人从AE的书架上带走一堆书，大多是雨果和惠特曼的著作。多亏了这次拜访，卡瓦纳63岁死掉时留下的遗作,风格简净、清晰、不张扬。希尼读到这些诗作,开始懂得自己究竟该怎样写作了。

李商隐的自恋

《锦瑟》是一首自恋得很糟糕的诗。诗人没有用他的诗句把我们带入"华年"中特定的语境现场;诗中也没有源自那语境中一句描述性的话,白白浪费了锦瑟这个好意象。这首诗是典型的包法利主义的宣言,诗人感情用事大爆发,对过去的情感态度覆盖了记忆中过去的自我,同时也否定了当下经验的自我,就像两者之间的一张白纸,被生活在别处的情感态度吹得无根据地飘飞:不知身在何处,该往何处去。

不能聚焦眼前事物(the present things),更不能使事实精确,这是多情诗人刻板的自恋。李商隐比包法利夫人更懂得作诗,但同样不懂得精确的措辞。李商隐与杜甫的距离就像包法利夫人与福楼拜的距离一样,咫尺天涯。

评论不是文学

李商隐的锦瑟不具有玛德莱娜点心在《追忆似水年华》中承载的功能，不能使过往的经验在当下的意识里复活，从而捉住逝去的时间。捉不住此地的立时经验（immediate experience），就捉不住逝去的时间。

李商隐的锦瑟，形状是怎样的，琴弦的粗细、间隔和长度如何，诗人没有描述；声音是像高山流水，还是像大珠小珠落玉盘，诗人也没有描述。一听到锦瑟的声音，诗人立刻情滥无收了，没来由地多愁善感起来，却嗔怪锦瑟五十弦的无端。乐器的细部构成可不是无端的，是在经验的进程中逐渐形塑而成的。一个主观投射的无端，覆盖了此地的立时经验。随后，诗人向故纸堆中跑野马，在文墓里挖出一些典故，让人眼花缭乱，却与华年中诗人的实际经验不相干。

最后，诗人总算收住了"此情"，用"惘然"来评断他华年中的经验，而先锋作家格特鲁德·斯泰因说，评论不是文学。

叶维廉的诗论

翻阅叶维廉《庞德与潇湘八景》,见到文中称引佩特《文艺复兴》、西蒙斯《文学中的象征主义运动》,以及魏尔伦《诗的艺术》,心生羡慕。佩特,我几乎还没有读,西蒙斯也只读了一点。艺术和诗源自浓烈的瞬间。一个个瞬间在其浓烈时,犹如火焰的晶体。最理想的诗五色相宣,显现音外音、影后影。这样的好文本还没有细读,岁月忽已晚。

碎裂对抗空虚

世界被时间决定了:什么时候起床,什么时候赶公交车,什么时候重做专题研讨会论文,都要按部就班,即使拖延,动力也不是发自精神的自主。休·肯纳(Hugh Kenner)在艾略特的诗歌里见到:唯一可以自主的生活,就是内心生活,而内心生活是碎裂无形的,一地鸡毛。碎裂对抗空虚。

如见如闻的过年

  旧历的年底毕竟最像年底，村镇上不必说，就在天空中也显出将到新年的气象来。灰白色的沉重的晚云中间时时发出闪光，接着一声钝响，是送灶的爆竹；近处燃放的可就更强烈了，震耳的大音还没有息，空气里已经散满了幽微的火药香。

  写过年的散文，鲁迅《祝福》中的这一段是最好的。福楼拜及其后继者教育我们，要想把一样东西写活，至少要让读者经受三次直接的感官冲击，因为我们每个人都有五种感官，所以才有至少三次之说，如果你忽视任何的感官体验，你就有可能写砸，如果你忽视两种以上的感官体验，那你笔下的人物就几乎是不在场的。鲁迅这一段文字由视觉引领听觉，视觉由远及近、由高到低，听觉由远处的钝响到近处的大音，进而又勾连出嗅觉，把一段经验刻写得如其所是，让读者感到身临其境，语语都在目前。

现代小说的宗师

詹姆斯·伍德说,小说家应当感谢福楼拜,就像诗人感谢春天。福楼拜之前是小说的严冬,它的信与望就是等待福楼拜的到来。福楼拜到来了,以极大的耐心,强忍着对陈腔滥调的嫌恶,把庸见的玩偶的生活如其所是地还原为百科全书式的闹剧。保尔·瓦雷里把福楼拜的世界描绘成一座图书馆,在这座图书馆里,所有的书,同时癫狂了,声嘶力竭地大喊大叫。

现代小说的典范

1857年以降,《包法利夫人》一直被学院派推崇为现实主义小说的典范,是衡量这一文类写作的标准。从文学的形式传统来看,不熟读《包法利夫人》,意味着你不可能懂得或鉴赏欧美的现代小说。

包法利夫人的警示

为什么堂吉诃德都已经被平反了,学院派对包法利夫人的态度却依然延宕?让我们把属于文学的问题交给文学。堂吉诃德与包法利夫人终究是不同的:前者用能指覆盖了所指,在能者的烟团中大战风车,一往无前;后者是在所指中寻找能指,反复无常,千汇万状。要么否定作为现实的所指,就在能指中过后现代的生活;要么在能指幻想与所指现实的中间地带实施创造性活动,使现实变得可以接受,此外,还有其他正确的行动吗?

寻找真理,或许可以得到安慰,就像福楼拜如其所是地创造包法利夫人;寻找安慰,只能得到毁灭,成为包法利夫人。

人性弱点

劳伦斯刻薄福楼拜,说他躲避生活就像躲避麻风病。但是,劳伦斯的作品读一遍就好了,经不起重读;而《包法利夫人》越是重读,越能觉出福楼拜的厉害。

每年和学生讨论《包法利夫人》。每年复习这部著作时,都要重新经历一次精神割伤,因为不懂法语,也不能把对句法的理解推到一个精确的位置，更捕捉不到未完成过去时的表现力。福楼拜用自己的节奏和句法委身人物的知觉及其现实处境，行文有着坚稳的控制力。除了对话，福楼拜还不能摆脱主体主义，没有让人物按照自己的特殊语型和节奏造句，没有把他们自我言说的世界带进叙述。正因为这样，加上降身为卑与委身，《包法利夫人》就是作者自己的语言在人物的十字架上道成肉身。所以因为懒而没有学习法语，不能用法语读《包法利夫人》，这对我而言，是一个终身遗憾。

包法利夫人是人性普遍弱点的集中体现，而不能用法语读《包法利夫人》，这意味着我们既隔膜了文本，也隔膜了人性。劳伦斯读《包法利夫人》时，能否也看出自己身上生活在别处的人性弱点呢？生活在别处，到底是生活，还是逃避生活呢？

法国的金庸

大仲马太聪明了，能在历史现实中逻辑一贯地附会基督山伯爵的传奇：我这样的人漂游四方，在那不勒斯吃通心粉，在米兰吃玉米粥，在巴伦西亚吃肉和蔬菜炖的杂烩，在君士坦丁堡吃杂烩饭，在印度吃咖喱饭，在中国吃燕窝，太有想象力了，简直就是法国的金庸。越是聪明的人，越不肯一个字一个字地精雕细琢，就像福楼拜和波德莱尔这样的"家庭白痴"，像逃避麻风病一样逃避想象力，仅用意志推进写作，造出的每一个句子仿佛奥德修斯的返乡之旅，每一步都是一场考验，甚至是一场战斗。《基督山伯爵》，用福楼拜的话来讲，激情地把每件事都说尽做绝，就像玩九柱戏，到头来，谜底竟然如此简单，回味随着阅读的终结灰飞烟灭。

福楼拜是虚无主义者

尼采断言：如其所是的世界，虚无主义者断定它并不存在；如其应当所是的世界，虚无主义者断定它并不实存。以这个标准看，福楼拜是个典型的虚无主义者。一切风俗、陈规，他一律不信；写作中的古词、滥调，他一律排除。同时，福楼拜还对他再现的可靠性进行掣肘，因为查尔斯舅舅原则（The Uncle Charles Principle）的运用，小说人物被限定在个人经验的特殊性中，生硬地抛进文本敞开的话语逻辑，结局是：不但人物言语隐含的道德权威被剔除，而且全部的话语都被置放在不确定的双重引用中。

真爱无名

自从在昂代维利耶侯爵位于渥毕萨尔的府邸和子爵跳了华尔兹，爱玛心目中理想的丈夫身份就被子爵夺占了。子爵没有名字，也许真爱本来就是无名。子爵回巴黎了，爱玛的心也跟着他去了巴黎。她买了一张巴黎地图，研究这座城市，并订了两份巴黎的时尚杂志《花篮》和《沙龙精灵》。于是，爱玛殷切期待下一次侯爵家的舞会，期待与子爵再一次共舞。期待越来越茫远，爱玛便陷入了忧郁。从道特搬家去永镇时，她把结婚时的花束扔进火里烧掉了，象征她拒绝了她的婚姻。刚一搬家，包法利夫人却怀孕了。她在精神上刚刚拒绝了婚姻，又因为怀孕，照先前越发陷入了婚姻的深渊。

现实总是把包法利主义撞得粉身碎骨。从1814年到1886年，在法国离婚是非法的；1886年以后，为了要和情人结婚而离婚，在法国也是非法的。

真人与好人

毕飞宇老师读《包法利夫人》借重的是创作论视角，

偶尔以作者的身份饰演读者。只是细读译文，没有通过与英美学院派的文本分析进行争辩而对目标文本做再观察，毕飞宇老师却有着这样的专注力，让读者赞佩。毕飞宇老师说福楼拜是好人，大约是因为福楼拜不蒙骗读者。福楼拜确是真人，以如其所是的姿态对待物事人情。包法利夫人是人性普遍弱点最集中的体现。福楼拜通过正确地构想包法利夫人这个人物，而让自己身上的普遍弱点示其本相，所以他才会说："包法利夫人，她就是我。"福楼拜是真人，也能如其所是地对待自我，不会用浪漫主义的浮夸语言来增强自身的脆弱。

现代主义是浪漫主义的天敌

浪漫主义的作者，包括王尔德和劳伦斯，不愿意下苦功去研究题材，使一个个细节在圆整的结构中如其所是地显现，而是放任自我将抽象的谎言和意识形态化的警句覆盖在他们所处理的题材之上。题材被覆个严严实实，虽生犹死，就像覆盖的是东北农村破落户那床三个冬天不曾拆洗的厚厚的花棉被，浮华且垢腻腻的。现代主义者走的是自我隐退的道路，就像变动不居的幽灵，无处可见，读者见到的是题材的如其所是，细节精确，结构圆整。

劳伦斯的二元论

在休·肯纳看来，劳伦斯经验物事人情有着神经质般的猛烈，除非他的自我和它们搞成漆黑一片的统一性，否则它们就不在现场。他要猛烈地闯入它们的内部，激活它们，驱遣它们：他的远处的火车绝不是缓慢地移动，而是迟疑地爬行；他的雪花绝不是在风中飞旋，而是飞旋如鸽群；他认为，绘画一定要剔除阴影，因为事物的外部都是死壳，一定要让细胞质直接发光。这是猛烈的二元论，对待当下的心态是不安、不满和暴躁，无法宁静地栖居，只能生活在别处。

文人相轻

1931年，《查泰莱夫人的情人》在巴黎和《尤利西斯》竞争，要成为观光客的购买图书。乔伊斯让吉尔伯特给他读了几页《查泰莱夫人的情人》。仔细听了之后，乔伊斯评价说，这部书的作者是个酒色之徒（Lush）。乔伊斯在这一年的年底写信给韦弗小姐，提到《查泰莱夫人的情人》时说：我读了开头两页，都是那种常规的感伤英语（the usual sloppy English），吉尔伯特为我读了一段树林里有关裸体的抒情文字，还有结尾，听上去也就是一份宣传资料，而在劳伦斯先生的母国之外，那些宣传的内容根本不需要宣传。

不合时宜的天才

劳伦斯的书，我已经很久不读了，却依然记得他的"血液意识"，他的"地之灵"，这样天才的论断。2020年，疫情大流行——校园疫情防控的时候，我散步时，听了一遍他的《虹》。劳伦斯是一个浪漫型的现代作家，擅长把关于可能性的观念当作经验来书写，把读者的心智渲染得能够激烈地批判面目可憎的现实，使他成为精神香客，朝向瑰丽的云蒸霞蔚的愿景。读者如果用心读过福楼拜，肯定厌恶劳伦斯，就像深度体验了伯格曼的电影，就可以确信王家卫的电影除了《阿飞正传》，其他可以忽略不计，似乎因为伯格曼断定，王家卫的精神导师安东尼奥尼的电影除了《夜》和《放大》，其他可以忽略不计。戴文坡，一个像奥德修斯一样机智的批评家，认为劳伦斯太蠢了，总是处理自己没有调查研究的材料。无论如何，劳伦斯为自己的没有调查研究争到了发言权，僭越地向文学输出德性，教育读者应该怎样生活。

现代主义的经典叙述

嵌入当下的主体,领受外部的生活印象,并在他的内心催生与之相关的思想活动和心目的造像,使得私人的、主观的时间与公共的、客观的时间相互渗透,然后借重查尔斯舅舅原则和内心独白的交叉剪切,一同生成现代主义经典叙述的肌理。

乔伊斯表现环境音

《尤利西斯》第三章,斯蒂芬通过内心独白用了四个拟声词——"seesoo, hrss, rsseeiss, ooos"来表现海浪的声音。在用字上严苛到如此精确的地步,这一写作纪律似乎是作者要求人物以拟声学家的身份来记录外部空间的实情。但休·肯纳认为,它见证了一种精细的注意力。这几个拟声词并不只是同声传译海浪的语言;同时,它们凸显了人物置身现场的主观注意。也就是说,在这个语境,没有独立的海浪,因为听闻海浪的同时,我们读者见到听闻海浪的斯蒂芬。不是叙述者僭越到斯蒂芬的位置表现海浪的语言,而是海浪的语言在斯蒂芬的主观意识里得到显现,是主客体间知觉关系向形式生成。

《尤利西斯》第四章,乔伊斯用直接引语记录了布卢姆在厨房准备早点时听到猫的语言:Mkgnao,Mrkgnao,Mrkrgnao,Gurrhr。依据休·肯纳的分析,这里动用了五个辅音(n、m、k、r、g)、一个元音(u)、一个双元音(ao)和一个送气音(h),来表现猫的语言。布卢姆是否有一双如此精确的耳朵不要紧,因为在直接引语中,猫的语言可以摆脱人物主观知觉的局限,自我精确地言说。为此,乔伊斯可以把对猫的语言的表现推到他所能达到的客观的极限。

包法利主义者的句法

"在象牙一般的纯洁中,她那脸孔的蜡白几乎就是属灵的,纵然她那玫瑰花蕾般的嘴唇,是一张真正的丘比特的弓,希腊式的完美。"(The waxen pallor of her face was almost spiritual in its ivorylike purity though her rosebud mouth was a genuine Cupid's bow, Greekly perfect.)这个句子是乔伊斯按照《尤利西斯》中的包法利主义者格蒂·麦克道韦尔的主观意愿构造的。它的连接词是"纵然"(though),没有用"和"(and)来结构"白"

（pallor）与"玫瑰花蕾"（rosebud），以此建立它们的同类关系，也没用"但"（but）来分离它们之间的共同性（*圣徒的面容却有着罪人的嘴唇*）。这个句子的前后成分本来相互不兼容，如果人物的句法趣味是精准的，那么它就不应该被这样构造出来；用纵然来连接相互抵牾的句子成分，使它们并置在同一语境，句子由此显得摇曳不定，这样的造句却能够如其所是地反映出格蒂那打成一片混沌的心思意念——象牙与玫瑰、属灵与肉欲就像煮于一锅的乱炖。包法利主义者的普遍特质是：句法不准确，用字不精确。

乔伊斯向布卢姆致敬

"拥抱的香气从四面八方向他袭来。肉体升起朦胧的欲望，他默默地渴望爱抚。"（Perfume of embraces all him assailed. With hungered flesh obscurely, he mutely craved to adore.）乔伊斯用一天时间造这两个句子，字都想好了，这一天是用来确定字间的秩序，以便契合人物自身的节奏。这是乔伊斯用布卢姆的句法来向布卢姆致敬。

我们应当怎样向只见文本不见人的学术导师致敬

呢？有一条路径，就是把自己的观察位置叠加到他那高度肌理化和风格化的字里行间，与在场又缺席的作者的幽灵形成关联，从而走向团结的真谛，就像具身于《奥德赛》中的雅典娜引领特勒马科斯寻找奥德修斯。这种关联区别于摩菲斯特与浮士德，近似于维吉尔与但丁。

《尤利西斯》第十一章的结构特质

叙述者一边和人物玩闹，戏拟人物的词语，一边叙述人物的故事。这个特征如同草蛇灰线，穿插点染由叙述、对话、内心独白和查尔斯舅舅原则共同组成《尤利西斯》第十一章的叙述肌理。

《尤利西斯》中的星眼

写过一个句子：一双星眼那样蓝，深邃、迷幻得要夺人心魄。"星眼"在中文语境，是指眼睛黑而且亮，譬如王熙凤就有一双星眼。然而，有蓝色的星眼吗？有的：Sparkling bronze azure eyed Blazure's skyblue bow and eyes. 这里的 sparkling 和 azure，就是指《尤利西斯》中奥蒙德大饭店的酒吧女招待杜丝小姐（Miss Douce）的眼睛亮而且蓝。她还懂得怎样用吊袜带在大腿上敲钟。

纯粹主体

表现是主体把客体转变成心物一如的形象。作者不把自己的价值判断、精确的知识强加给形象，而是以契合人物自身的方式构造话语，甚至确立物的主体位置，来摹状它们的音声形貌："让水像水一样言说，让鸟用鸟的词语啁啾。"这就是表现。这个表现的作者已然成为进入表现状态的纯粹主体。

可能世界

小说的可能世界是由文本中的情态话语界定的。玛格·诺里斯（Margot Norris，1944— ）举例说：摩莉·布卢姆正在出轨（**事实**）；摩莉·布卢姆将要出轨（**可能性**）；摩莉·布卢姆可以出轨（**契机**）；摩莉·布卢姆不应该出轨

（禁令）；如果摩莉·布卢姆出轨，这是可以理解的（可行性）；如果布卢姆下午不回家，摩莉·布卢姆就会出轨（偶然性）。

《水浒传》是文人的创造

有一派观点认为，《水浒传》是世代累积型作品，因为《水浒传》成书之前经过民间书场，而且还有《大宋宣和遗事》和"水浒戏"等前文本。我不能同意这种论断。弥尔顿的《失乐园》，它的前文本是《圣经》；而且《失乐园》的故事就经历过神父们在民间教堂不断地说讲。《失乐园》显然不是世代累积型的。荷马史诗也是在民间流传了几个世纪才有了定本。无论是荷马史诗，还是《失乐园》，都是高度教化的作者创造性的产品，文理条贯，主题统一，有谨严的韵式，这些都不能在民间自发地生长出来。水浒的故事在民间流传，用亚里士多德的话讲，那不过是材料因，是可以被新的形式重新观照的。不但故事可以被重写，连民间的语言也可以被重写，形塑于新的审美构想。

我的结论：《水浒传》是高度教化的作者创造性的产品，尽管我们还不能确切地知道它的作者究竟是谁。

不完整的生活

金圣叹读《水浒传》时提出几个相似的疑问：九纹龙史进寻他师父王教头，到底寻不见，王教头去哪里了？十字坡张青店中，孙二娘麻杀的头陀到底是谁？三打祝家庄时，栾廷玉究竟是怎样死的？这些疑团让金圣叹读之气闷，弥月不快。个中缘由就像水滴藏进了生活的人海波澜。它们在自成一格的世界里成就自身的可述性（tellability），对我们自我中心式的期待全然不顾，从纸背踢跳而出的就是作为事实的缺席，仿佛被景深镜头意外摄入的物事人情，除了这一镜头，它们便彻底屏蔽了我们的知觉。

小说中的修辞

修辞是与"作者已死"相对立的，是隐含作者针对特定受话人的意图式交流。修辞话语中对于外人而言的意在言外（implicature），对于受话人而言，就是心传神会，不必道明。

永远的史湘云

《红楼梦》里面身材最好的女性应该是史湘云,生得"蜂腰猿背,鹤势螂形"。史湘云也很强壮,可以醉卧芍药裀而不生病,是一个拿得起、放得下,又能吃苦耐劳的才女。但是,寻思叙述、描写她的那些字的肌理,总会让你隐蔽地感觉有一个隐含作者对你说:这个形象就这样一直做毛头丫头最好,开不得脸。

秦钟的说教

秦钟死前向贾宝玉说教,庚辰本有,程乙本没有。秦钟竟然说教?像秦钟这样的人,活着应该是潇潇洒洒的,死去应该是了无牵挂的。所以白先勇更加推重程乙本。但是,说教是在临终前才发生的,秦钟这样的聪明人也自然有这般见识;而且白先勇没有考虑到秦钟和秦可卿这两个形象的相互发明。秦可卿死前托梦给王熙凤,也是一通说教,与秦钟死前说教贾宝玉前后映带。结合他们姐弟俩情滥无收的人生经验看他们的临终遗言,说教都是他们性格上极其流畅的结果。尼采有一句标志性名言:一些人无法摆脱自身的桎梏,却能够拯救他们的朋友。白先勇可能不太喜欢变化，所以才会怀旧地以为，人物都是"永远的尹雪艳"。

《红楼梦》是学者编校版

中国文人的一贯作风是在前人文字上做手脚。这一作风也反映到《红楼梦》的版本校勘上，但是情有可原，因为《红楼梦》的稿本丢失了。由此，所有《红楼梦》的近代印本都属于学者的编校版（scholarly edition），即文本混入了学者们的识断。被编校得越发合乎情理的文本内容，只能有益于阅读消费，倘若把它等同于作者的意图，就是学者们以自我为中心的放纵了。在此基础上，学者们对一些《红楼梦》版本等同作者真文原旨的夸耀，无异于观念对事实的僭越。

白先勇与张爱玲

在白先勇看来，20世纪中国最优秀的小说家肯定是张爱玲。不过，白先勇没有在小说形式上超越张爱玲，甚至还没有张爱玲走得远，譬如《色，戒》以第三人称开始，以第一人称结束，运用了"从故事中间开始叙述"（in medias res）和"闪回"（flashback）——荷马史诗开创的叙述手法，并使人物的知觉印象和意识活动在区别中相互粘连。但是，张爱玲还是没有恪守限知视角叙述，不懂得借重查尔斯舅舅原则显示叙述重心由外部世界滑入人物的内心世界的动态过程。

张爱玲捕捉日常生活

张爱玲走在街上，生活如同伍尔夫所说的"光子"，在她的意识里纷纷坠落；她捕捉生活就像捕鱼。"盖其心清如水，故物来毕照"，哪怕自己父亲和舅舅的嫖娼：

"到了上海，乃德带九莉到她舅舅家去，他们郎舅感情不错，以前常一块出去嫖的。"

张爱玲是很通世故的，有道是单嫖双赌，一同去嫖，便是关系很铁的明证，尤其是和自己的小舅子。

"腰干了"与"声名狼藉"

《白鹿原》中的对话鲜活而有力量。文学的美是力量精确地灌注字里行间的形式显现。《白鹿原》中有一个词：腰干了。这个词太有力道了，是用有形状的激情表现了生命最幽深的特质。乔伊斯《一个青年艺术家的画像》中的克兰利，斯蒂芬推测就是他父母腰干了（exhausted loins）的时候生下的娃。

陈忠实用够劲儿的对话穿透生活的内质，独步中国当代文学史，可惜没有做到彻底的精确，譬如，长工嘴里说出"声名狼藉"这个词，声口不对，就像宁国府的焦大在吟诵"秋窗风雨夕"，显然是作者夺占了人物的主体位置。《白鹿原》的叙述是中国当代文学史中最好的叙述，只可惜并非一贯力量精确地抵达目标，叙述者不能彻底地委身人物，经常不是心到物边的显现，而是物来心上的专制。

《逍遥游》的缺憾

班宇的《逍遥游》写得还不错：大量的东北方言被糅进叙述和对话的肌理，人物的声口和行止基本契合人物的身份，而且叙述者既卷入又间离日常生活，对其他人物有了解之同情，德性周正。休·肯纳说，都柏林语言就是乔伊斯小说的题材；乔伊斯小说就是处理都柏林人所讲的一个个有地方况味的字。班宇如果懂得查尔斯舅舅原则，把第一人称换成第三人称，以自由间接的叙述框住内心独白，并让叙述语言点染核心人物的个性化色彩，甚至用人物的句法叙述人物的立时经验，协助人物推动事件的自我成就，这样就更有形状了。

文字的赶尸人

有人说苏伟贞的文风"湿冷"，有人说"清冷"。这些都是个人的知觉印象，弄不好还是个人语型（idiolect），外人是不好去反对的。开阔地说来，苏伟贞确实善于营构氛围式写作。就拿《陪他一段》来说，叙述者像鬼魂一样穿越阴阳两隔，自己的想象和回忆与死者遗留的日记相叠映，使得原本相互分离的两段经验共时地结成文本织物。苏伟贞就像赶尸人，把费敏死去的亡魂安顿在她的简净文字里。心传神会，不必道明。如果说冷，那只是苏伟贞所处理的题材，而她却是温热的，以温厚和平之心守望了那个亡魂曾经"拣尽寒枝不肯栖"的身世。

纳博科夫的残酷

俄裔流亡者纳博科夫习得的第一语言是英语。纳博科夫把英文版《洛丽塔》翻译成俄文。俄文版中的洛丽塔较英文版中的洛丽塔矮了一又四分之三英寸。把一个人物能够做这般的压缩，说明纳博科夫的心智空间储存着丰沛的苛酷（asperities），足以把整个世界灌进一枚含有氰化物的玻璃瓶。纳博科夫真的懂得细节吗？如果他真的懂得细节，那么他就会懂得现代小说从来没有细节这回事，因为当我们读者知觉到这些细节时，同时知觉到人物对它们的主观注意。不但细节被纳博科夫霸占了，就连彪悍人物洛丽塔也只是纳博科夫的毛虫，从未化蛹成蝶，自成一个世界。纳博科夫是一个残酷的自我中心分子。

从有用到无用

学院小说《斯通纳》，叙述了一个农村娃，十九岁之前一直在农庄上干农活，每天与世界发生的关联都是实用的。他十九岁去农学院念农学，被父母期待大学毕业后回到农庄革新传统农民的劳作方式，让他们可以不那么辛苦。但是，在上通识课英国文学概论的时候，这个农村娃的思考方式要从有用转向无用。他起初很焦虑，后来被主讲老师讲述的《莎士比亚十四行诗》中的第73首震撼了。然后，他转去英文系，做起中世纪的学问，拿到 PhD，又在英文系任教，继续做中世纪的学问。教学、科研之余，他经受了婚姻、婚外情和人事斗争，在终身教职的助理教授的职衔上直到生命的尽头。

"斗地主"与《被窃的信》

爱伦·坡《被窃的信》可以从"斗地主"的视角来解读。迪潘和警察局长 G 是农民，其中 G 是门板（地主上家），迪潘是地主隐秘的下家，地主则是窃信的 D 大臣。G 根据自己的有限视角把 D 大臣理解成诗人，由此，经过截道和两次入室搜查消耗了地主作为诗人的牌力，穷尽了门板的责任。迪潘从自己的有限视角发掘出 D 大臣作为数学家的身份，推断 D 大臣已经推断出 G 可能释放的牌力，所以应对从容。迪潘为了消耗 D 大臣作为数学家的牌力，便去地主 D 大臣家做客，并以弱视为借口，佩戴蓝色镜片遮饰自己四处观察的眼光，随即发现与数学家的秩序感相悖的细节，即在卡片架上插着一封孤零零的信,脏而且皱,几乎折断了。迪潘断定,这就是目标——那封被窃的信。第二天,迪潘和地主 D 大臣玩了两个虚招——声东击西和偷梁换柱,取得斗地主的胜利。

熵增与熵减

年复一年,和不同的学生讨论短篇小说《阿拉比》。在这一部短篇小说中,第一人称的"我"分裂成人物和叙述者:人物是小男孩,给小说提供了经验;叙述者是成年人,给小男孩的经验赋予了声音。通过节奏化的造句和精准的用字,成年叙述者使那些幼稚而混乱的浪漫主义经验获得了秩序,就像福楼拜如其所是地叙述包法利夫人熵增的一生。由此,作为叙述主体的"我"已经从作为人物的旧我中化蛹成蝶,获得了解放。通过秩序得解放,而秩序就是熵减,熵减乃生命的本质。

电报体不重复

年复一年,和不同的学生讨论海明威的《白象似的群山》。这部短篇小说是典型的可写文本,直到20世纪90年代,才被读者奉为经典。这部小说的文体风格,来自海明威对塞尚绘画的借鉴,借重短句子加重复的意象来捕捉动态的场景,就像塞尚用短的重复的笔触作画一样,使得没有说出来的比说出来的内容更重要。以前,海明威的写作风格被当作电报体,这是认知噪声,电报体不可能有重复。现实生活和这篇小说多么相近啊!有些最为重要的事情,在现实生活的交际语境中,大家要故意回避,故意视而不见,就像送出去或收到一件毫无价值的礼物。

先验与经验

我如果没记错的话,《百年孤独》中的乌苏拉被马尔克斯塑造成地母盖亚一样的人物。果真如此,这就是以先验冒充经验。张爱玲非常欣赏奥尼尔的戏剧《大神勃朗》,里面的地母像一头神圣的牛,为勃朗提供了终极的慰藉。但是,奥尼尔塑造的是一个先验的形象,遵照想象的现实性如其所是的样子。等到张爱玲塑造母亲形象，她遵照的是经验的现实性，就像《倾城之恋》中的白流苏在错觉中搂住她母亲的腿，使劲儿摇撼着哭求，终于意识到她所祈求的母亲与她真正的母亲根本是两个人。所以好的作品，要让先验归于先验，经验归于经验，不乱来，让乱来归于错乱的包法利主义者。

以先验冒充经验

库切的《青春》是叙述包法利主义的杰作。小说叙述了一个生活在别处的包法利主义者，想做诗人，认为只有伦敦这样的大都市才配得上自己诗人的身份，于是，他就去了伦敦，过上了暗无天日的程序员的生活。和包法利夫人一样，《青春》中的这位主人公也甘愿充当先验的庸见的玩偶，然后成为以先验冒充经验的炮灰。顾长卫的《立春》也是这一系统的杰作。这样的作品和我们分享了一个道理：你如果只追求安慰，获得的是毁灭；你如果追求真理，或许会得到安慰。所以通过如其所是地展现包法利主义的实然处境，不诲淫、不诲盗，福楼拜、库切和顾长卫的精神品格现世安稳。

陀思妥耶夫斯基的多重人格

弗洛伊德将陀思妥耶夫斯基的多重人格定义为：创造性艺术家、精神病人、道德家和罪人。陀思妥耶夫斯基自认自己的性格卑劣，而又十分狂热，在一切场合、一切方面，总是走极端，一辈子漫无节制。这样一个有病的人，却懂得战胜独白式的自我中心，使众声喧哗，以主体间性的姿态告诉我们：即使一个缺心眼儿的白痴，也有自己独立的声音；你可以佯装听不见，但是，你不能当他不存在。

地下室人格

地下室人是反对启蒙的，因为启蒙主义者行事为人的基础是一己私利（self-interest），归根结底都是精于算计的市侩，这样便限制了主体可以与自我利益对着干的权利，也就是说，地下室人认为，他们有缺心眼儿的权利，限制它就限制了自由，而自由是更加根本的利益。

在地下室人看来，没有任何束缚的选择，任其反复无常，无论怎么狂野，它都是一个人的最有益的益处（most advantageous advantage）；与此相背，一切的系统和理论都会不断地化作齑粉，一个人的所求，仅仅是他的独立选择，无论付出什么代价，无论它把你引向何处。渴望独立选择，就意味着有权利干蠢事，不必被只能干理智的事的欲望所束缚。遵守常识，按照常规的利益，行事为人，即使这样做能够帮助你获得常规的幸福，它却是地下室人所不屑的，因为这是以丧失自由为代价，失去了对性格与特性的保护。对于地下室人而言，数学的确定是最难以容忍的。$2 \times 2 = 4$，在他看来，就像一个轻佻的生瓜蛋子，挡着你的去路，两手叉腰，还一边吐唾沫，实在是粗野无礼。"$2 \times 2 = 4$"是一件美好的事情，但是对于地下室人而言，"$2 \times 2 = 5$"则是更有魅力的，因为它破坏了确定，通向了自由。

自然与数学的法则限定了地下室人的心智决定现实的权力。这些法则不可容忍地摧毁了地下室人的诉求，粗野地否定了个人的辉煌，强迫地下室人接受一个事实，即地下室人自我的理想形象，那只是一个想象的构造。

被语言殖民

语言是一匹特洛伊木马，通过它，究竟是宇宙闯进人的意识，还是人的意识进犯了宇宙？人的意识也可能就是宇宙，是宇宙的阴影，或者它们一卵双生。语言试图殖民它们，让它们可以被理解。然而，理解一旦入侵宇宙或意识，就会造成态坍缩，结果是，非此即彼替代了两个同一的它，或同一个它的俩。在某种意义上，《尤利西斯》第十五章《喀耳刻》是一场针对语言的战争，亦真亦幻地反抗语言对宇宙的侵略。

敬畏虚构

乔伊斯的读者如果走极端的话，也许会斩钉截铁地认为，今天的都柏林就是对《尤利西斯》拙劣的模仿。无论如何，我们从福楼拜的视角看，会发现人们在福楼拜界定的庸见（received wisdom）中误入歧途了，就像但丁一度深陷幽暗的森林，不懂得虚构为体、现实为用。是到用心来思考自己处境的时候了，敬畏虚构乃是认知觉醒的开端。

叙述世界的重建

在故事或故事世界的启发下，通过寻绎文本线索，故事的阐释者怎样在意识中重建叙述世界，这样的构造实践已经成为各色叙述学专家关切的核心议题。

现实世界与虚构世界

《战争与和平》中的拿破仑，历史上实有其人，他怎样就成虚构的了？有学者解释说，虚构的特质与个体的实存无关，它归属全体的语义世界：拿破仑是虚构的，就是因为他属于《战争与和平》这个整体虚构的世界。

实际上，不借助语义想象和虚构，我们也无法理解现实。现实只有成为文本，我们才能理解它。

但是，这样的理解也许就是叶公好龙，我们的有限性智慧是无从决断一个终极所以然的，能决断的是通过长期的教化训练来鉴别基础文本。

正确地思想与救赎

托尔斯泰最伟大的长篇小说是《安娜·卡列尼娜》，以圆拱门结构揭示了受难主人公的绝望与救赎。小说中的安娜和列文都被卷进自恋的暗流。安娜被吞没了，列文借着恩典，在小说结束前忽然心底的愿景显形了，能够把自我和与之相冲突的生活世界按照如其所是的样子来认知了。这就是正确的思想，是古希腊精神指引人们获得救赎的路径。

安娜存在的瞬间

"'我想，'安娜说，玩弄着她脱下的手套，'我想假设有千万个人，就有千万条心，自然有千万副心肠，便有千万种恋爱。'"贝特西伯爵夫人是弗龙斯基的堂姐。在她家的沙龙里，当着弗龙斯基的面，安娜讲了上面的话。安娜把脱下的手套拿在手中玩弄，英文学者认为，这是一个象征，象征安娜正在挑战传统性道德。这个语境是创造性瞬间的叠加吗？这些瞬间是对遵守传统性道德的线性时间的憎恨吗？安娜·卡列尼娜是在造反吗？就像弥尔顿《失乐园》中的撒旦："我不伺候了。"显然，叙述在这些瞬间炸开，过去和未来相遇，构成逾矩的罪人的永恒轮回，用德国作家海因里希·伯尔（Heinrich Böll，1917—1985）的话讲，就是"绝对存在之实现"。

亦真亦幻的灵魂

灵魂是什么？荣格派心理学家认为，灵魂是指自我（ego）与自性（self）之间的过渡性地带，灵魂就是指你这个人会玩、会游戏。亦真亦幻就是灵魂的特质。《红楼梦》与《西游记》叙述了亦真亦幻的地带，灵魂在此诗意地栖居。我们批评《水浒传》，我们诟病《金瓶梅》，因为这两部小说没有灵魂，没有中间地带的创造性活动让人物所遭遇的现实世界变得可以接受。

庞德的教诲

庞德和人聊天时，用的句子是完整的，主语和谓语都要说出来，有时甚至用复句。这样的说话是有结构的。庞德盛赞福特·马多克斯·福特的小说，认为那是有结构的东西。庞德有为别人修改造句的癖好，他也试图约简福特小说中的句子，结果他无法做到比福特的句子更经济。庞德的"私淑弟子"休·肯纳传承了庞德作风，盛赞有结构的作品，擅长用他的天绝地灭大搜魂手从作品中精确地拎出事实，并发掘连锁这些事实的秩序化结构。

爱尔兰人的良知

休·肯纳提出了高度现代主义（High Modernism），其中最典范的小说就是《尤利西斯》，为现代社会奉献了常人（everyman）形象布卢姆，如同都柏林一座游动的山岩。布卢姆不焦虑，没有敌意，没有怨恨，没有生死成毁。在休·肯纳看来，布卢姆是生活在爱尔兰的一个沉默的异数，却与他的生活世界水土相服，泰然任之，最后成为乔伊斯为爱尔兰人创造的空前绝后的良知。

活的形象

海明威很赞赏亨利·詹姆斯，说他对文句的精雕细刻铸造了他的文人德性。在我看来，那就是从确定的位置塑造与诸感官相遇的活的形象。

电影的隐喻

去电影院看一部电影就是看这部电影的如其所是吗？我们去电影院看电影实际上是在看电影的拷贝。胶片拷贝，加上每次的放映，都在磨损电影原初的声音和影像。所谓看胶片时产生的质感，不过是因为错乱的浪漫主义者把观看的那部电影想象为大他者，然后向这个大他者飞蛾扑火式地移情。不论是在电影院看电影，还是宅在家里把囚禁在蓝光里的电影释放出来，也就是看所谓的后电影，我们不过是在观看电影的幽灵，它们都是电影本尊的隐喻。我们现在去电影院看电影，大抵是在看后电影，因为电影院放映的大抵是电影胶片的数字拷贝。

结论：所谓浪漫主义者在电影院获得的观看质感，应该就是他们从别处剽窃的观点的错移，果真如此，这就是纯纯的错乱的噪声。

包法利主义电影

有一天,在一对迷途的艺术家夫妇的蛊惑下,我去电影院看一部电影,说是作者电影,或曰艺术电影。我认为,那是一部包法利主义的电影。但是,导演不是福楼拜,而是包法利夫人。艺术总要诉求逼真性与合理性,或者如普鲁斯特所说的那样,文学越像生活就越艺术。那部包法利主义的电影不像生活,而是篡改生活。依据普鲁斯特的意见,不像生活,又怎么能艺术呢?这一定是以艺术的名义构陷艺术。从语言与人物的关系,从细节与故事结构的关系,《地球最后的夜晚》这部电影都是在迫害生活。导演还特意把塔尔科夫斯基拉入自己的"阵营",这种引用,到底是致敬,还是鞭尸?

胡金铨风格

胡兰成的文章中说,宋朝他有个本家叫胡铨,弹劾过秦桧。我因此想到,有个导演叫胡金铨,也是明史专家。他的两部影片《龙门客栈》和《侠女》,用胡兰成的措辞来描述,就是风格"简静",有"平旷阳气"。

年华老去

约翰·卡索维茨导演的《首演之夜》真不错,讲述名伶在与时间对抗的过程中终结了过去的自我,一顿折腾以后,使得现在年华老去的自己变得可以接受。但是,导演忽略了一个问题:女演员通过抹去无意识中的青春而成就真实的自体,而根据荣格的论断,要强行建立意识与无意识的关联,这样才能克服中年危机。在舞台上与自己的年华老去和解,能在现实生活中克服中年危机吗?

共享与干预

演员对着摄像机的镜头讲话,就是电影的剧场化,讲话的内容是演员和观众共享的,演员之间是不可交通的。如果一个世故的观众带着与演员共享的信息,从摄影机所在的现实空间的位置闯进电影故事,以此干预叙述,那将会是一个什么样的局面呢?

多余的环境音

《秋天奏鸣曲》中,处理英格丽·褒曼饰演的女主人公的回忆片段时,伯格曼竟然没有抹去窗外的环境音。那个语境,人物的聚焦点是医院病房里的病人,她的主观注意怎么会指向窗外的环境呢?我认为,处理梦境,也不应当有声音,但可以是无声的喧哗。《野草莓》的梦境处理,基本还是准确的,只是伯格曼忽略了视觉的寂静可以通感出声响,就像冬青树长青,砂岩裂。

阳光与色彩

艾里斯纪录片《楤梓树阳光》太棒了,里面有董燕生老师,和董老师一同出镜的女画家不知道是谁。安东尼奥·洛佩兹作画时,知觉主体的位置被固定,随着果子的下垂,知觉对象的位置被动态地固定,知觉关系在画布上逐渐向形式生成。画家也想捕捉光与知觉对象的关系,但是做不到,户外写实的油画是不可能的,最后只能画素描。画家本来可以解放色彩,将自我连同主体位置一道献祭出去,成就色彩自身的逻辑,就像塞尚晚年所做的那样。

去海边自恋

看了几眼《无依之地》。风格太浮薄，刷一点回忆，刷一点乡愁，然后生活在别处，甚至到了海边，让海风把空空如也的自恋吹出一个莫须有的高度。这样的导演估计会把王家卫当作偶像，用客观冷静包装包法利主义的气质，到头来满脑子云山雾罩，投射出来，弥望的都是力量稀薄的恍惚。一个中学英语教师以环境逼迫的名义上蹿下跳，竟然没有随身携带一本书，却要带一个盘子，大约是为了睹物思人。思人还用睹物吗？

导演凭借《无依之地》斩获奥斯卡最佳导演奖。这种体制化的成功似乎使这部影片获得了艺术上的权威认证。就像东北人民日子稍稍宽展了一些，不去经营自己的过渡空间，而是为了与自己经验无关的海洋梦凑哄去三亚买房一样，《无依之地》的女主人公放弃找一个后老伴过平常生活，也不去过艺术家式的创造性生活，却要一个人来到海边，先是在潮冷的海风中劲吹，然后必须抬起头来，最后张开双臂。导演用五个镜头完整地完成这三段式的自恋，有控制的导演可以用一个长镜头来完成，以便在自恋与反讽的距离间达到平衡，但是那样就延缓了自恋的速度，不能实现近乎直喷的快感，技术难度也加大了，要铺轨道，要给镜头上手段，用上推拉摇移升降甩。

又一个面朝大海，春暖花开，但不是持续地面对，不然这种潮冷的环境，你总是面对它，不但眼前没有花，而且出门是要拄拐的。景深处双臂张开的背影，显得特别冷静、疏离，因为有了前面的铺垫，这分明是隐蔽地向《泰坦尼克号》致敬。《泰坦尼克号》和《肖申克的救赎》，这两部电影是包法利主义的蒙汗药。

《山河故人》中的永恒轮回

《山河故人》中的一个场景，是沈涛在大雪中起舞。我觉得这是在表现沈涛此在的瞬间体验。它是入口，从这里切入沈涛的意识中心，她的主观空间是零，时间是无限的。看到沈涛在雪花纷飞中舞蹈，能想到乔伊斯《死者》最后的雪花飘落吗？那就是加百列此在的瞬间体验，乔学界将它称为加百列的显形（epiphany）。如同耶稣向东方三博士显形的时刻，空间不再有区隔，不再有外邦人，那一瞬间是应许的盼望，可以将过去引向绝对的将来。

网上堆积的《山河故人》的影评，都没有抓到结构这部影片的筋络。我以为，它的叙述肌理就是事件向时间的生成，是聚焦沈涛的中心意识，主观时间与客观时间的相互渗透。它的核心议题是探讨当下与永恒的关系，即经由当下的瞬间，此在向过去或未来延伸都是无限的，未来与过去通过此在的瞬间相互碰撞，达到尼采所谓的"相同者的永恒轮回"。这部影片的此在瞬间就是沈涛包饺子时听到了"涛"，那是未来，于是她带着一条新养的狗去旷野跳1999年的舞蹈，从而昔在、今在、将在达到融合。

《野草莓》中的缺憾

细节上的疏忽：如果英文字幕的记述准确，那伯格曼就弄错了萨拉的年龄。在片中，当伊萨克·博格驱车来到他20岁之前每年夏季都和家人去度假的别墅前时，他突发奇想地要旧地重游。于是，玛丽安提议自己去游泳，而博格来到野草莓地前。伯格曼生硬地让他叨念了一些借口，博格就进入了自己的白日梦（显然，伯格曼处理起梦幻题材不是那么从容，也许，他的才华和梦幻无关）。在白日梦中，博格看到，也听到了萨拉在被双胞胎戳穿她和西格弗里德的事后，大段诉说博格的好处，其中一句是说萨拉和博格年龄相同。但在去伦德的途中，小萨拉向博格问到萨拉的境况，他却说萨拉75岁了，生了6个孩子。而我们从片中得知，博格此时已经78岁了。当博格去看他母亲时，这个90多岁的老太太说的话前言不搭后语，但在博格临走前，却提到博格要去伦德学院领奖的事。从影片前面的内容可以看出，博格原打算是和女管家艾格达小姐乘飞机去伦德，这样就不会路过博格母亲的住处，那她又是怎样知道博格要去伦德学院领奖的事？如果我们假定博格和他母亲几天前通过电话提起这件事，那么她如果还能记得清楚，在刚见面就提到才好。博格母亲向玛丽安说她生了10个孩子，而从博格进入白日梦的独白中，我们得知到那幢房子度假的有10个孩子，而其中只有8个是博格母亲亲生的。这从侧面可以说明博格母亲的记忆已经错乱了，但伯格曼并没有通过博格和玛丽安的现场反应来向观众说明他对此是自觉的。

　　结构上的不严谨：伯格曼的叙述能力还是很薄弱的。在《野草莓》中，他用自己的声音干扰了叙述者的声音，使得叙述的顺序错乱了。在影片的起始，透过博格的独白，可以看出，影片的故事结构应该是顺叙，但在去伦德的途中吃午餐的场景中，博格的自省式独白，还有他领奖时还在独白中说，自己要记述他来伦德这一路，映现在自己脑海中的梦幻，而那些梦幻都已经在影片中呈现了，这给观众的印象是故事的结构应该是倒叙。其实，这是伯格曼叙述艺术的不严谨造成的,在影片中,叙述者博格的独白,让伯格曼加进了旁白的功能。单从这一点来讲,《野草莓》远没有布列松《乡村牧师日记》严谨。

后注:通过细品《野草莓》,可以看出,伯格曼是个能够顽强自省的导演,但他缺乏在现实生活中对他的艺术自我进行直观的能力,因而不能平衡他与其艺术自我和现实自我之间的对等关系,使得他的影片没有主题上的均衡感。《野草莓》的最后,博格在他的白日梦和潜意识中消解了自己作为爱人、医生和丈夫的身份,由此,他应该走向重生,即推动自己的遭遇向艺术形式生成,用艺术形式呈现自己的现实生活,从而使自己从现实中解脱出来,获得心灵的自由,这在博格领奖时的独白中已经有所暗示了,但伯格曼却在片尾浪漫地让博格向他父母投怀送抱。如果这个情景发生在小博格身上,就会显得更加贴切,只是在对白上要做些修改,即把情节设计成小博格要让他的父母找到。

经过几次和《野草莓》的"搏斗",它作为事实在我的直观里开始面目清晰了,我将摆脱它这个现实对我的奴役,获得我自己的心灵自由。

节奏就是生命的本质

《布鲁塞尔1080商业街23号让娜·迪尔曼》，看了5次才看完。这部电影在戛纳首映的时候，据说杜拉斯和导演对骂起来。导演25岁就拍了这部电影，太有控制力了，没有花活，运用固定镜头加长镜头、室外空间与室内空间，以及环境音，都稳妥的本色当行。细节处理得太好了，尤其让娜儿子的毛衣显然短了，于是就要织毛衣，于是就买毛线，简直就像草蛇灰线。倒垃圾和星期四下午4：00取鞋，这两处细节似乎被导演遗忘了。晚饭后，让娜和儿子开车出去干了什么，不得而知。不懂得沉默的修辞，不懂得没有讲出来的内容，就像幽灵一样，与情节的关系，怎能知道这部电影的好呢？杜拉斯所擅长的是向这个世界倾吐她的自恋与激情，就像倒垃圾一样，也必然不懂得这部影片的好处。

电影的结尾，让娜用剪刀捅死了她的客人。让娜为什么这么做？她是像杜拉斯所说的神经病吗？或者她像基耶斯洛夫斯基《十诫》中的第五诫《切勿杀人》中的雅泽克，或者像《局外人》中的莫尔索吗？我以为让娜的杀人是她对混乱的拒绝。第二天，客人走后，让娜的生活秩序开始混乱了。土豆煮糊了，让娜不得不去超市买一袋土豆，于是晚餐拖延了。第三天早晨，让娜早起了一个小时，一切都不对了，原来按部就班处理日常生活，这一天因为多出这一个小时，让她在这剩余的时间里无所适从。第二天究竟发生了什么？通过第三天她接待客人可以推理出来，是意外的激情要把她带出她的生活秩序，而那种不可控制的模糊的可能性让她恐惧。于是，她选择切断会带来这种可能性的条件。所以节奏即人，一旦节奏被破坏，人便丧失了形状，从而产生破坏性力量。

通过反省我这几年和邻居因为器乐噪声发生的一系列冲突，我太能理解让娜了。生命的本质是负熵，负熵即秩序，而秩序是由节奏生成的。由此，打乱别人的秩序无异于要夺走别人的生命本质，所以反抗也是最彻底的。这种反抗中蕴含的暴力就是但丁在幽暗的森林里撞见的狮子，人无法通过自己的意志力量彻底地驯服它，倘若没有恩典，但丁遭受的应该是和让娜一样的结局。

阅读的开端

1999年,人类提出了"万物互联"的概念。这个认知是由意识主导的自我来推动的,依然跳不脱人类中心论。万物互联本体论意义上的原创者是耶稣的门徒约翰。他说,太初有道,万物都是借着道造的。所以道是万物互联的终极根据。休·肯纳对此有清晰的见识,遵从福楼拜美学,即把艺术家的写作比成上帝造物,所以文本中的事实也必然是借着道造的,而文本中的事实必然相互联属。休·肯纳由此断言,敬畏道(Word)是真正阅读的开端。

阅读即献祭

德里达以为,如果每个小时不读七八十页就没有读的感觉。但是,语文学告诉我们,书读得越快越没意思。

可以读得很快的书，不读也不要紧，从中能够轻易地搜寻到主题句或者格言警句，能够轻易地让读者感到深得我心，这样读者就越能轻易地认同阅读对象的价值。如果阅读对象是《包法利夫人》，字里行间没有主题句，也没有格言警句，怎么办？对待这样的文本，扪心自问的阅读作风已经毁损了阅读对象的独立品格，它成了读者自恋型人格障碍的牺牲品。

阅读就要委身于阅读的对象，而且在阅读过程中，要不断把自己的心交出去。阅读就是自我在阅读过程中不断地死去，不断地被解构，然后复活。献祭式的阅读，自我是一定会死掉的，因为越是专注地委身于阅读的对象，越能鉴照出自我就是一个幻觉。

有机的句子

德里达说："思想是比量写作的身段在认识素中被剪裁出来的。"比量、身段、剪裁，这三个语义相互勾连的字汇把思想、写作和认识素三个关键词连缀成一个有机体。能构造出这样的句法，纵然全部的句子不能组织成一个过度系统化的整体，也足以说明作者正在通向写作之途，我们因此原谅他对前辈的唐突、利用和构陷。

童年的阅读

伟大的作者不一定是伟大作品的读者。普鲁斯特最喜欢乔治·艾略特《弗洛斯河上的磨坊》，里尔克、乔伊斯喜欢《尼尔斯·吕恩》(*很多大学中文系出身的人都没有读过*)。阅读经验圆熟之前，读到一部表现最契合本心的人与事的著作会形成难以破灭的印象，不需要考虑细节的组织、句法、文法、上下文的修辞照应、人物与细节的关联、完整经验的分布，需要的是用契合本心的节奏呈现出来的契合本心的人和事。我在大学阶段，开始学术阅读之前，最喜欢的作品就是《在酒楼上》《死者》《少女西丽亚》《掘墓人》。以我现在的标准衡量，这些作品都是脆弱的，却在我的记忆里不可磨灭。反复看过一些欧洲经典艺术片，尤其是伯格曼的电影后，仍然对自己幼稚时代看到的香港武侠录影带印象尤为深刻；听了很多年的巴赫、莫扎特、贝多芬、肖邦以后，幼稚时期受母亲影响听到的《角落之歌》《妹妹找哥泪花流》《花儿为什么这样红》还是能脱口而出。

坐屁股与做学问

以前,在孙周兴老师的哲学课上听他说,海德格尔说雅思贝尔斯的学问是用屁股坐出来的。原来以为这是在讽刺那位有很多学问的哲学家太笨了,因为"大著作有时全不需要好头脑,只需要好屁股"。但是,钱锺书《猫》中的李建侯听郑须溪说,德国人把"坐屁股"(sitzfleisch)作为知识分子的必备条件。这里面的道理大约是,待到屁股坐大后,学问也就圆满了。其实,学问的多寡都是副产品,最要紧的是要发疯般地投入——和自己认定的文本,开启无限循环的模式。

死掉的语言

乔伊斯年少时求学的克朗戈斯伍德学院,课堂上通行的是耶稣会士的教育,依然传授着古典时代的三学科或四学科。通过学生娃们的诸感官,旧时月色中的幽灵被召唤到当下语境,界定了活跃的思想;同时,概念产生了,被确凿无疑地抛入存在。于是,当下成了虚空,主体成了已经死掉的语言的影子武士,生命的活性仿佛被用吸星大法吸去了,瘫痪了。所以不怀旧是在主动抵抗脑死亡，而怀旧是主动接受脑死亡。鲁迅的《狂人日记》就是一部抵抗脑死亡的杰作。

大师遛街

1907年，乔伊斯与斯维沃在的里雅斯特相识。乔伊斯认为，的里雅斯特与都柏林十分相似。在的里雅斯特生活期间，他继续排演他从前在都柏林一贯排演的 flâneur 角色，俗称街溜子：在商店里停留，在橱窗前盘桓，与大街上的路人交谈。斯维沃也喜欢和乔伊斯一起在的里雅斯特的大街上穿行；他们是城里人，也喜欢扮演城里人的角色；叶芝向往的乡村和田园牧歌的传统不是他们那杯茶。

误入生活的局外人

斯维沃几乎被中国读者遗忘了。他创造的不朽形象泽诺，就像普鲁斯特创造的马赛尔，这两个形象对他们的生活世界既卷入又间离，世界与他们的性情简直扞格不入。泽诺说，我对生活的全部期待，就是观察生活是如何的陌生，并得出结论：我们是误入生活的，并非真正属于它。

"不可摧毁性"

对于有自省能力的人而言，他说话的位置是不断后退的。说话的位置需要某种精神支撑，而卡夫卡认为，精神只有在不成为支撑物时，它才会自由。精神在各种境遇中层层剥落，最后，就剩下卡夫卡所说的"不可摧毁性"。在卡夫卡看来，"不可摧毁性"是每一个人的个体存在，同时又属于众人，因此它就是人与人之间存在的不可分割的连接。说话的位置退到"不可摧毁性"的裸现，这恐怕就是卡内蒂认为卡夫卡自动放弃权力意志的缘由。从这个位置看过去，曾经的话语位置及其关涉的语境，都会化作仗势的浮华。

音乐与人格

莎士比亚说，不要和不听音乐的人来往，他们的灵魂是丑恶的。莎士比亚说出这样的狠话肯定是过于独断了。但这种独断仍在流行，我就经常能看到有人写的关于某某的古典音乐让他心灵净化，或者让他的人格擢升，或者给了他力量和慰藉等的文字。这些个人感受当然无可厚非，但我断定，这与音乐本身并没有实质的关联。按照他们叙述的实情，音乐的作用就像《追忆似水年华》中泡在茶水里的干面包之于马塞尔，他们当时的听觉活动已经终止，陷进了主观感受，意识开始沿着空间扩展，而音乐却还在沿着时间绵延，或者已经结束。不知道有没有人对音乐审美关注地听，即纯粹地听，用意识紧贴音乐节律，直到音乐终结。如果这样听，化用哈罗德·布鲁姆的话，听者其实不会变得更好，也不会变得更坏。

内容导向的批评

哈罗德·布鲁姆所坚守的并不是审美批评，而是内容导向的批评，因为他更加看重的是内容，关注什么样的内容能够给他大快乐、大慰藉和大共鸣，而他对技艺、句法和用字不怎么关切，尽管他一度关切陌生性（strangeness）。哈罗德·布鲁姆大约属于浪漫主义的当代遗老，主张复兴浪漫主义的后浪漫主义，就像浪漫主义曾经主张的复兴文艺复兴。以内容为导向的批评对待文本，不能纯粹地看，只能嘈杂地听，而且必须听出一个大传统。你跟内容导向的读者说视觉韵律，这就不讨喜了，因为他们无法立刻激情燃烧地浪漫，需要专注地凝视文本，让字的秩序自己站立起来。

少年时代的阅读

哈罗德·布鲁姆是真诚的，可以把自己少年时代的阅读感受压到台面上做自己文学判断的基础。这和蒋勋有些相似。蒋勋解读《红楼梦》，特别借重自己少年时躲在被窝里读《红楼梦》的感受。那时的读似乎是最清白的读，感受也似乎最纯粹，可以作为评判文学最可靠的支点。福楼拜的作风不太一样。福楼拜少年时感受的产物，只具有被重写的价值，与艺术家福楼拜的距离，就像包法利夫人与福楼拜的距离一样遥远，一个是内容，一个是形式，看上去相互纠缠在一起，但是同流不合污，就像摩菲斯特与浮士德。

天才也轻薄

哈罗德·布鲁姆是文艺复兴式的巨人。理查德·罗蒂认为他是当代最有智慧的批评家。这样天才式的人物轻薄起来也极其浮浪地翩跹。他说,从来没有现代主义这回事,只不过是几个现代主义人物,像刘易斯、庞德、艾略特相互间的流言蜚语。这些流言蜚语流传得年深日久就成了神话,神话流传得久了被休·肯纳推向了教条主义,成为正典的圭臬。休·肯纳认为,哈罗德·布鲁姆的诗艺判断总是错的,错的一贯如此。现代主义诗评家玛乔瑞·帕洛夫(Marjorie Perloff,1931—2024)认为,休·肯纳是一个伟大的批评家,能够正确地引领读者回到文本。

知识的立场

关于知识,知识界有两种立场:一种是启蒙浪漫主义,认为有一种革命性的知识,强有力地颠覆了以往被信以为真的一切;一种是反启蒙浪漫主义,认为知识邪恶地造成了主体与客体、人性与自然宇宙的分裂。世界究竟是怎样的面貌呢?怎样描述世界才更加接近它的本性呢？世界可以作为世界自我澄明，也许就是永恒的间性的交互的浑然一体的。

重新加载

如今的写作就是繁复的引用，即对过往的文字重新加载。在去浪漫主义、反对文学与生活二分的好年月，我们所成就的原创性就像寄生虫，通过意外的运气，从宿主那里取得营养。寄生虫是无处可见的，所以要在写作中抹去自我中心的痕迹，就像水滴藏进前文本的人海波澜。谦卑是真正的独创性。谦卑让我们俯伏于大地，大地就是本源。

快乐与投入

快乐是生产力。包法利主义者的快乐靠着对环境的拣选，只要它们投合他们的自恋，通常它们此时只在别处而不在此地。积极心理学倡导的快乐来自主体对环境的阐释，因此，索尔仁尼琴即使坐牢也能获取最优体验。积极心理学把与快乐相关的蓬勃、丰盈的人生归总为五个支柱，即 PERMA：积极情绪（Positive Emotion）、投入（Engagement）、关系（Relationship）、意义（Meaning）和成就（Accomplishment）。我认为，最要紧的就是投入，其他都是副产品，有了是锦上添花，没有也不要紧。

暴饮暴食

暴饮暴食者可以分为三类：美食党（feaster）、饿死鬼（craver）和情绪吃货（emotional eater）。美食党见到好吃的，一开吃，就吃个不停，就像西门大官人热结的十兄弟中的应伯爵。这类人没有荷尔蒙告诉他们什么时候吃饱了。饿死鬼总是吃不饱，不忌生冷，好的坏的，逮什么吃什么。这类人体内多了一些荷尔蒙，它们拦截了胃向大脑输出吃饱的信息。情绪吃货，是一有压力就开吃。

人性与文明

弗洛伊德从文化与本能的冲突中推演出神经症。依照弗洛伊德的评判，为了生存，我们必须有文化；为了文化，我们必须压抑或升华本能。既然幸福意味着充分、立即满足我们的本能，那么我们必须在幸福与生存之间做出选择。升华能给予我们某种程度的满足，但是我们对此能力有限，因为压抑原始冲动而又没有升华会导致神经症，所以神经症是我们为发展文化而必须付出的代价。本能与文化之间不可避免的冲撞被内化，成了未被驯服的激情与道德标准之间无法调和的冲突。但是卡伦·霍妮认为，我们与环境的冲突并非如弗洛伊德所假设的那样不可避免。在卡伦·霍妮看来，当冲撞发生时，不是因为我们的本能，而是因为环境激发了恐惧和敌意。卡伦·霍妮由此认为，文明与人性之间没有必然的冲突，不存在天生的破坏性本能。

混乱不能逃离

罗斯（Tim Roth）说：你的生活如此混乱，必须有一扇窗让你能够从中逃离（As messy as your life can be, there has to be a window you can escape through）。罗斯这句话充分暴露了他是一个典型的包法利主义者。解决问题的方式不是望向窗外地逃离，而是专注地观察混乱的生活细节。当观察的焦点被调到一个恰当的位置时，混乱下面的实质跳将出来，裸现生活的本来面目，吸纳了来自主体的知觉秩序，使得主客体之间的知觉关系向一个大他者生成。这样主体才会解放。

精确的事实是解读文本最可靠的基础。我们在日常生活中经常用想象代替事实，然后迅速做出判断。这不是逻辑的起点，这是构陷的起点。这种日常行为要是僭越到阅读活动中，我们就构陷了文本。真的就是真的。庞德留给我们判断文本的遗产是：使事实精确。

弗洛姆就是皮尔·金特

看《爱的艺术》时，给读者的感觉是作者弗洛姆有着非常懂得委身的成熟人格。但是，在卡伦·霍妮看来，弗洛姆就是一个皮尔·金特。对于皮尔·金特类型的人来说，任何长久的亲密都会危及他的超然，因而可能是灾难性的。所以生活就是罗生门，大家都从对自己有利的位置看世界。根据弗洛伊德的意见，这样的人际关系就是文明的缺憾，是对人的重大伤害之一。

现代主义的头面人物

20世纪20年代，爱尔兰人和美国人在欧洲大陆主导了现代主义文学运动。在欧洲大陆主导现代主义文学运动的爱尔兰人是自我流亡的，有叶芝、乔伊斯和贝克特；在欧洲大陆主导现代主义文学运动的美国人是来欧洲旅居的，有庞德和艾略特。

高度现代主义

江弱水老师说，20世纪有几个现代主义猛人，他们暴饮暴食，又精雕细刻。庞德给我的印象就是高大威猛的。1948年6月，麦克卢汉和休·肯纳去华盛顿圣伊丽莎白医院拜访被囚禁的庞德。当时，休·肯纳已经在多伦多大学完成了硕士学业，他还不知道庞德是谁。多伦多大学当时教授的英语文学史只截至华兹华斯去世的1850年。

在临时接待室，休·肯纳回忆说，庞德一现身，他那魁伟的身躯几乎填满了整个房间。这样宽阔的视觉印象坐实了庞德的高大威猛。后来，庞德的女儿找出庞德的护照，上面官方给出的庞德身高是5英尺10英寸，大约

1.78米；T.S. 艾略特5英尺11.5英寸，大约1.82米；叶芝和乔伊斯都是5英尺11英寸，大约1.80米；贝克特6英尺2英寸，大约1.88米；休·肯纳的身高是6英尺4英寸，大约1.93米；现代奥德修斯布卢姆5英尺9.5英寸，大约1.77米。现代主义作家太高大了，现代主义权威批评家休·肯纳更高大，所以有了高度现代主义（High Modernism）。

实用性被剥夺的小便器

见到很多人讨论杜尚的《泉》，讨论了很多年，讨论得几乎大小便失禁、生活不能自理了。个别人竟然说，杜尚革命性地让现成品成为艺术。有用的现成品可不是艺术，使它成为艺术的是它的实用性被剥夺，被重新赋予了形式功能。军械库博物馆展出的小便器，被杜尚用新的语言重新书写了，把小便器革命性地转变为"泉"，剔除了它的实用功能，直接诉诸观众的知觉，其中也没有逻辑认知，这正好契合艺术的非功利特质。

做学问就像探案

吴兴华读不了《红楼梦》与简·奥斯汀的小说,却对阅读侦探小说饶有趣味。钱锺书在牛津求学时经常每天读一本阿加莎·克里斯蒂的侦探小说。宋淇也喜欢看侦探小说。宋以郎据此推断说：也许他们做学问的方法都跟他们喜爱推理找凶手有关，像探究一首诗的出处、某个意象在不同语境中的运用、作者的创作意图等，这不是跟破案很相似吗？

陆建德老师《陈西滢的无妄之灾》写得就像侦探探案，精确地搜求事实，然后根据事实进行推理。玛格·诺里斯有一系列研究乔伊斯的论述，是对休·肯纳沉默的修辞接着说，认为批评最要紧的是把沉默的可能世界进行场景重建。休·肯纳喜欢读侦探小说，还根据侦探小说叙述的紧急联络方式，在巴黎迅速地联系到了贝克特。

夏济安的鉴赏判断

夏济安的鉴赏判断是非常清白的，没有理论的偏见，借重切身的生活经验，对照文学的形式传统和具体的语境，用如见如闻的知觉来衡量文中的圣境。

佩特与白杨树

在佩特生活的年代，英国人鄙视白杨树，而法国人却热爱它。佩特是审美家，没有世俗的偏见，他和法国人一样懂得鉴赏白杨树：它们高高大大地生长在花园里，是那样挺拔、坚韧，层叠的叶子与风相戏，在唰唰的声响中轻轻地翻动，就像奔流的河水。

福楼拜的中年焦虑

福楼拜在年满31岁的前一天给他的情妇科莱写了一封信。信中说，他就要跨过30岁这个命中注定的年纪了，在这个年纪，一个人该在世界中定型了：筹划未来，在社会中赢得一席之地，拥有一份职业。福楼拜不能破除这个年龄迷信，因为在他的时代，到了30岁，还没有成为庸人是很少见的。

福楼拜就是这稀缺中的一位。他决意要躲避吃喝拉撒的生活状况，因为他不想自己与世界发生关联的纯真被破坏,从而陷入日常悲惨境遇的深坑。他以为自己因为脆弱,并未为任何激情做过任何牺牲,所以他的青春依然完好无损。福楼拜说,从孩提时代到而立之年,他的青春直线而行,像有一条巨大、涌动的河流一直在他体内奔流不息。

张爱玲喜好的颜色

民国三十三年,也就是1944年,这一年的8月15日,《传奇》出版了,封面是张爱玲自己设计的。张爱玲说:"我第一本书出版,自己设计的封面就是整个一色的孔雀蓝,没有图案,只印上黑字,不留半点空白,浓稠得使人窒息。以后才听见我姑姑说我母亲从前也喜欢这颜色,衣服全是或深或浅的蓝绿色。我记得墙上一直挂着她的一幅油画习作静物,也是以湖绿色为主。遗传就是这样神秘飘忽——我就是这些不相干的地方像她,她的长处一点都没有,气死人。"对颜色的喜好是人的天性,不是从经验中习得的。

了解之同情

陈寅恪经常讲"了解之同情",用这个姿态做学问,必定情理兼到。"了解之同情"大约就是张爱玲所谓的"因为懂得,所以慈悲"。女人免不了要感情用事,措辞时也讲求把指称的对象拖进感性的生活经验。就我的视野所及,这个词应该就是英文习语 understanding pity。也许,它是从福楼拜"只有在感受到别人的心时,我们的心才会善良"这句话转化而来的。

惠斯特勒与王尔德

1905年,也就是惠斯特勒的画作在伦敦展出的时候,王尔德的自传《自深深处》也在伦敦面世了。于是,批评家们开始大做文章,流言家跟着飞短流长,个顶个儿巧舌如簧,极口夸赞惠斯特勒和王尔德的天才。他们说,19世纪70年代以降,惠斯特勒和王尔德先后在伦敦崭露头角,一场接一场地排演机关算尽的恶作剧。王尔德说,在惠斯特勒的画作出现前,伦敦并没有雾,是惠斯特勒用他的艺术成就了伦敦的雾,而后现实的伦敦开始模仿惠斯特勒的画中雾,假戏真做或者入戏太深,竟然成了雾都。

奥威尔的审美觉醒

乔治·奥威尔看上去是非常油腻的。这样一具油腻的肉体却有一颗精雕细镂的匠心，大约他的油腻能够燃烧出澎湃的热量，以供给他的想象和造句。

奥威尔16岁的时候读《失乐园》，忽然对用字的认知觉醒了，字的声音、字间相互联属的特质，给他带来了狂喜，脊椎骨战栗起来。

好抒情

"她的声音从晾衣竿的中间传过来，甜润、悦耳。你从她的腔调可以推想，如果六月的黄昏不老，如果要晒的尿布永远晒不完，她可以站在那里，快乐地唱上千年。"乔治·奥威尔的这个表述，直接呈现了人物"当下的所为、知觉关注及其所思"，先是听觉引领视觉，接着就是心到物边的想象，知觉主体与知觉对象的关系如此自由，真是好抒情。好的句子唤起的情感是静态的，不撩拨动态的欲望,也不惹起动态的厌恶,而最好的句子能招致脊椎骨的战栗。

吃读与献祭

中世纪奥古斯丁的阅读与我们今天在手机上所做的视觉"浏浪"(浏览+"冲浪")有着云泥之别。奥古斯丁受《以西结书》的启发,认为书页上写下的一个个字是有肉的实体(physical solidity),是火烈的、可见的在场者(burning & visible presence)。所以奥古斯丁阅读文本是devouring or savouring,他不"浏浪",而要在意识里形成美食家的接受意象,因为他的所谓文本是物质的,需要被摄取。这种奥古斯丁式的吃读,也是以自我为中心的,有些太过土猛了,会把主体读成欲望的黑洞。阅读应当成为读者向文本循环献祭的过程,主体性被送上十字架,自我叠加态般地寄生在字里行间,如同魏尔伦诗中的枯叶,在语言肌理的秋风中时起时落。

推卸责任

推卸责任,俗称"甩锅",是人类最基础、最原始的弱点之一,从伊甸园就开始显露出来:

> 天起了凉风,耶和华神在园中行走。那人和他妻子听见神的声音,就藏在园里的树木中,躲避耶和华神的面。耶和华神呼唤那人,对他说:"你在哪里?"他说:"我在园中听见你的声音,我就害怕;因为我赤身露体,我便藏了。"耶和华说:"谁告诉你赤身露体呢?莫非你吃了我吩咐你不可吃的那树上的果子吗?"那人说:"你所赐给我、与我同居的女人,她把那树上的果子给我,我就吃了。"耶和华神对女人说:"你做的是什么事呢?"女人说:"那蛇引诱我,我就吃了。"

作为无往不在、无所不知的全能者,上帝的两次提问显然不是为了求取答案,而是给两人一人一次机会,让他们认罪悔改,但是他们都把责任转移了——都说环境害的,跟自己没有关系。

这个弱点到福楼拜那里,就成了包法利主义的核心特质,在激情的推动下,女主人公越来越混乱,最后把责任推给环境,而不是转变认知,把自己置身于和解

（modus vivendi）的位置，将自己的生活世界按照如其所是的样子去理解。

结论：依据乔伊斯的意见，浪漫主义与其说是生活，不如说是生活的毁灭。

伍尔夫与福克纳的板腐

休·肯纳认为，伍尔夫和福克纳在本质上都不是国际型的现代主义者；他们是中规中矩的小说家，精神联属地方性的道学传统；各自作品中如果可以识别出与传统断裂的革命性迹象，那是因为两人受到《尤利西斯》的影响；拨开技巧繁复的外壳，两人思维陈旧，道学家般地训诫读者如何正确地生活。

固定真相

从往事中发掘真相是一个错误的表述。这不是说往事中没有真相，而是发掘真相意味着作为观察者的意识闯入了往事，而意识的闯入式观察固定了真相。我们总是前赴后继地观察往事，但我们从来不能发掘往事中的真相，我们只是在固定往事中的真相。

海森伯格告诉我们，观察改变了被观察的现象；庞德告诉我们，思考总体上改变了思考的对象；艾略特告诉我们，历史研究改变了历史；蒙太奇告诉我们，技术可以编辑真相。

在思考生存或毁灭之前，哈姆莱特的存在状态是可以或此或彼的。当哈姆莱特的意识开始观察自己的处境，他的存在状态发生了坍缩，被局限为就这样活下去，或者毁灭。

节奏即人

因为风格即人（*布封*），又因为节奏即风格（*福楼拜*），所以我认为，节奏即人。这个节奏即人的"人"就是自体（self），因为自体就是那个是我，而且仅仅是我的那个人（*温尼科特*）。依照温尼科特的意见，自体显然是相互区别的，就像风格。于是，自体声音的累积，就成了文学的形式传统。

读书就是目的

古人说:"书中自有黄金屋,书中自有颜如玉。"这句谚语通常被误会成读书就为了考取功名,然后过上荣华富贵的生活。如果仔细推敲,这个判断也许是在表述增强现实,也就是"reality+",而所谓荣华富贵的生活,不过是它的投影,它的影子武士,所以才有"万般皆下品,唯有读书高",因为下品中的万般必定包含荣华富贵的生活。

秋天的游荡

一展眼,又到了清如水、明如镜的秋天。郁达夫愿意折去寿命的三分之二把故都的秋留住,太浪漫了,但是浪漫得很周正,可以被列入正典。

我在北京念书的时候,一到秋天,总要去西山的黄叶村走一趟。相传,曹雪芹就是在那里写作了《红楼梦》,是写实主义的,不敢稍加穿凿。我先是去曹雪芹纪念馆,观瞻一下旗人的兵营,然后,沿着河墙烟柳走一遭,偶尔去看一看梁启超先生的墓。梁先生是一个苦命的人,笔耕不辍,却在年富力强的时候,因为迷信西医而割腰子,死掉了。梁启超据说也是一位真人。

我在游荡时也见到一座墓碑,上面写着:先叔父张述先、先叔母尹冷云之墓。越过卧佛寺,径直向里走,我会一直走到樱桃沟。蓝天、白云,尤其是清冷的风,明年秋天我一定要再去走一遭。

冬日的午后

Quadrangle 这个词移到中文语境，要用一个长句子才讲得清楚。这样，一个原本凝聚的声音意象便被拖沓得散缓无力了。倘若把它简洁地译成"四方院落"，就会隔膜语义背景中的校园。我现在住的地方就是一个 quadrangle 中的一栋宿舍楼，朝西的窗子对着天井。

一个冬日的午后，我躺在床上听鲁宾斯坦演奏的肖邦的《夜曲》。我躺在床上也可以望见天井中的五棵白杨树：南北向的三棵和东西向的两棵呈直角排列。我见到的是树干的上部和大部分的树冠。所有的树枝都伸展开来，各自独立，不相交会，却沿着纵深的方向错落开去。它们一会儿在风中摇动起来，一会儿又静止了，互不相犯，像是"无为""无造"，仅在我的视觉里被观照成一个整体。就在我的意识按照它们给我的印象如其所是地流动的时候，我突然感受到它们的美，那么"纵深"，那么"相异"，其中的秩序仿佛是泰然任之的。

与阳光照面

去年冬天的早晨,从水房打开水回来,走到与一教楼西门相对的甬路上时,我时常要抬头望见亘在东南方向的太阳。阳光从科源大厦的东北棱边和一教楼的西南棱边形成的间隔中照射过来,明晃晃地映在我的脸前。再向前走,太阳的位置便掠在西三环北路74号院2幢的上空。于是,阳光从科源大厦的东北棱边和西三环东侧的世纪经贸大厦的西南棱边形成的间隔中照射过来,同样是明晃晃的。

从岭南路看西山

每次从科源大厦旁边穿过岭南路的时候,我都要抬头望见远在西面的玲珑塔。在岭南路的尽头,向西是一簇簇低矮的房屋。玲珑塔就高高地矗立在那一簇簇房屋的后面。更远处,西山起伏连绵的轮廓立在玲珑塔的背景里。相传,曹雪芹就是在西山的脚下写成了《红楼梦》。

旧相识与新相知

午饭前,每天像上了发条一样去烈士陵园暴走。眼前的景和脚下的路都是老相识了,我却对它们熟视无睹,可以说是一无所知。用黑格尔的辩证法,我们最难理解的往往是我们最熟悉的。如何从旧相识进而成新相知?黑格尔没有说。什克洛夫斯基说要用陌生化,使石头呈现石头的本来面目(to make stone stony)。但要如何陌生化呢?他却只说陌生化的后果。依据休·肯纳的意见,陌生化就是剔出知识的描写(description without knowledge),就像小人国的臣民眼中格列佛的手表。

反复阅读一个典范的文本,也一样会和它的肌理有隔膜,经常不能登堂入室。进入肌理的世界,还需要有一个或几个内行的间接文本来辅助,在直接的体验与间接的体验的相互发明中,读者才会懂得如何辨析组织肌理细部的筋络。

重复战胜欲望

近些天,我经常在亚马逊的网购平台盯视上面一款登山鞋,不断重复地盯视。到了今天,我还在盯视,盯着盯着，它忽然生动起来，成为活的形象，仿佛解放了，自由了，挣脱了我的欲望。所以，王尔德说的是对的，重复使欲望变成了艺术。

局外人

偶尔会听到有人说，谁谁是有故事的人，弦外之音大约是自己对当下不够丰富多彩的处境不甘心，于是顿生模仿心，以先验的想象冒充经验的现实性，镂空了此地立时经验的根基。索尔·贝娄说，早在1972年，生活在大都市里的芸芸众生就已经没有属于自己的故事了。个体经验是相互疏离的，无故事，无价值。反复无常的难搞、"丧"、接受庞大而无望的混乱与无能，以及弃绝了野心和目的，这些特质界定了无故事时代的真人。真人就是局外人，因为与共同体价值体系的疏离，节省了能量，贮藏超越的禀赋，喜剧性地战胜了生活世界的庸俗。

感冒的延宕

2019年的年末，我感冒了。那天，我戴着耳机听着水青朗读的《金瓶梅》去自习室读《尤利西斯》，完全不在状态，到中午，开始头痛欲裂。如果布卢姆读过《金瓶梅》，读到李瓶儿的死，他会像我一样用一场重感冒来悼念吗？

感冒实际上是一件好事，你可以因此什么正事儿都不做，就是垢腻腻地躺在炕上，卧炕不起。感冒是没有必要吃感冒药的。如果感冒接着肺炎，那就去注射抗生素。人们通常靠常识下判断，但是常识不等于科学，不一定能通过逻辑和实验的检测。常识经常约等于构陷。科学的态度就像李昌钰到案发现场搜寻证据时采取的方式：站着看、弯腰看、腰弯深一点儿看、蹲着看、跪着看、坐着看，各种方法综合起来看。

作者隐退

学生毕业的时候照学位照，邀请我去，我没有去。学生说，别人的导师都去了，就你不去，太不像话了。我解释说，通过想象叠加回忆，在心智里形成一个虚拟的形象就好了，这样才更契合现代主义文本的特质，因为典范的现代主义文本的肌理，作者无处可见，而又无往不在。

长远以来，我对照相一向是退避的，大约是因为少年时代生活在工人棚户区，每逢周末都去录像厅看暴力电影，于是自我戏剧化了，依照艾略特的意思，就是包法利主义，想过杀手一样冷酷而逍遥的生活。在杀手的行当里，没人愿意照相，见光死。后来，阴差阳错，只能做文本的杀手，只愿意选择作者隐退的文本下手。作者隐退的文本杀手中的顶尖高手是休·肯纳。我正在向休·肯纳学习，还没有出师，总是在他的字里行间接任务。

人物的句法

如果我们碰巧在文学系念过书，我们对句法的认知是精准的，但是我们要塑造一个句法错乱的人物，他的错乱是因为他也许没念过大学，或者他误入歧途地念过大学文学系，我们怎样按照这个人物错乱的句法来处理他的错乱的语言呢？我们需要把句法精确地自我献祭出去，然后在人物那里复活句法错乱的自我。这就像李安导演的《色|戒》，最精彩的部分就是岭南大学幼稚的学生演剧，导演心智是圆熟的，他必须让圆熟的自我死去，然后在大学生身上复活幼稚的自我，尽管他对原著小说最圆熟的部分理解并不圆熟。

给是剩余价值

给是永远不会丧失的剩余价值：当你得到什么的时候，你的所得可能被从你那里夺走。但是，当你给出的时候，你的所给已经给出了，掠夺者不能再把你的给出从你那里夺走了。当你给出的时候，你的给永远是你的，它将永远是你的，这就是给。

童年的白杨树

东南西北地讨生活到今天，认识了很多树，唯独见到白杨树就感到亲切，大约是因为我在童年阶段一直和白杨树维持着连续、稳定而有深度的关系。在成年以后的经验里不断发现童年，依照弗洛伊德的理论，这说明心理是健康的，童年没有创伤，不需要医治。但是，童年的美好回忆容易造成人们精神的退行，由陈腔滥调塑造的当下自我不能如其所是地显现童年经验，而是覆于其上，就像裹尸布，从而毁损了它的独立品格。必须让童年经验生活在自己本应生活的世界里，在时态与时空上与它保持反讽的距离。

有限的幸福

根据弗洛伊德的理论,人们通过力比多的分配,可以达到有限的幸福,这就是文明的缺憾。每个人在快乐原则的推动下都想把幸福最大化,但这样做必然引发内卷。内卷是文明的系统化结构。在内卷机制的作用下,有两条道路:一是像西西弗斯一样,重复地推巨石上山,承受内卷带来的焦虑和虚无,透支有限的幸福;一种是躺平,被动地执行力比多的分配,反而能守住有限的幸福。

1904年的都柏林

北纬53度的6月,每一个白昼都很漫长。1904年的都柏林,标准时和夏令时要多年以后才施行,那一年的6月16日(*也就是后来的"布卢姆日"*),当地时间3点33分日出,直到下午8点27分才日落。日落后两三个小时,在这样的夜晚,一个人借助天光仍然可以看清报纸上的标题,也就是说,这片北方的天空从未进入真正的暗夜,黎明距离黄昏的时间是零,空间是无限的。

恐高症是一种死亡焦虑

恐高症患者,不是恐高,而是害怕跌落。他们不是恐高恐得要死,而是怕死怕得如此之高。恐高症患者的心智不自由。自由的人绝少思虑到死;他的智慧不是对死的默念,而是对生的沉思。

常识即庸见

用常识指导自己行动的人,或依据常识批判其他不遵守常识的人,这是有意义的,是虽生犹死者的假斗争,就像堂吉诃德大战风车,因为他们动用的语言都写进了福楼拜的《庸见词典》。经常见到那些伪自由主义者丧失了精神自由,而拿常识说事儿,殊不知常识就是福楼拜界定的庸见,你已经成了它们的影子武士,说不定已经脑死亡了。战胜脑死亡的正确方式不是抵抗,而是像福楼拜一样,成为一切庸见的鉴赏家,用极大的耐心模仿它们,按照它们如其所是的样子。不在精神上成为福楼拜,精神自由不过是在续写福楼拜的《庸见词典》。

腔调保卫人性

你如果在说话时，用到了长句子，节奏匀正且舒缓，也就是有腔调，接地气的人们立刻愤怒了。用有腔调的语言来表达，这就是他们诟病的太过乔张致。接地气的人们不能连续思考60秒，他们的愤怒是材料对形式的愤怒。但是，这对抗形式的愤怒，已然使他们挣脱了纯粹的材料因，开始向模糊的形状生成，是半成品了。面对有形状的物事人情，王尔德不愤怒，而是模仿。王尔德说话时把语速放得很慢，那拖沓悠长的语气是在模仿佩特。王尔德外出旅行时，总是带着佩特的《文艺复兴》，那是他的宝典，是最美的颓废之花。AI时代，腔调显得尤其重要了，它是聊天机器人不能创生的。腔调保卫人性。

"簌簌无风花自堕"

有一天黄昏，在发给江弱水老师的手机短信中，我写道：篦头发时，头发披披拂拂地落，这样的形景，古诗词里有写吗？

不晓得哎！江老师回说。

我通常不会说"篦头发"这样的词组,平仄和动名词的搭配都不贴心,但为了做张爱玲的文章,所以要用她的词句。江老师会不会以为这词句是描写我自己的什么经验?他会想到张爱玲吗?

隔一日的上午,江老师又回了一个短信。信中说,没有篦头发的,东坡词"簌簌无风花自堕"可以移用。

自我是众声喧哗

孤独是自我的幻觉,因为自我是由大脑决定的。当前的认知科学告诉我们,如果我们的大脑受到损伤,或者我们服用改变大脑功能的药物,我们的行为和思想都会改变,因此我们的自我取决于大脑。但是,认知科学同时认为,每一个大脑都是一个互文本,存在于无数个大脑之间,其工作机制会受到其他大脑的影响。所以自我就是众声喧哗。

独白不孤独

一个人独白是因为他孤独吗?不是。独白是对自己说。对自己说，意味着主体分裂为叙述者和受述者，这两者之间依然有一个大他者，由听你（叙述者）说的他（受述者）和对他（受述者）说的你（叙述者）构成。独白是此地的立时经验，如其所是不孤独，因为与它相关的，是大他者与叙述者、受述者共同构成三位一体的"三"，而不是孤独的"一"。

从来没有孤独这回事。

浮光掠影

到2020年4月7日，我来西安讨生活已经有十七个年头了。其间，我去北京学习了三年，也是以西安人的身份。照实说，我对这座古城应当很熟悉了。但是，随着时间的推移，我越来越觉得对它感到陌生。我熟悉的一切都是表象，比如有些街道的名字和地名，以及有些景观。我因为要控制体重，经常穿街过巷，所以成了这座古城的暴走一族，美其名曰flâneur。在穿街过巷的途中，繁碎的细节纷至沓来，就像一个个伍尔夫所谓的光子穿过我的知觉，凌乱地坠落到意识中，没有形状，而后踪迹不见。在和我的知觉照面中，只有碎裂无形的细节，这座城市作为理念从未自我显相。我现在最有把握的知道是我对它一无所知：我在它里面生活，浮光掠影；而它就是我的界限；我却不是它的"头面局中人（de la fleur des pois）"。

选择是有后果的

十年前，我就听到有研究生抱怨，说自己做的题目是他的导师指定的。他的言外之意，仿佛他对于自己做的学位论文是没有直接责任的，他是被迫的。于是，我仿佛以为，他要是不这样做他自己的学位论文必定会被他的导师干掉。这是典型的包法利主义。任何叙述，一旦和包法利主义发生关联都是不可靠的叙述。为了逃避责任，包法利主义者不惜冒充受害者去迫害别人。我现在学一个乖，不让别人有任何的被迫，自己选择，选择是有后果的，自己承担后果。

尼采的预言

尼采发明了视角主义，视角主义就是多元主义，而多元主义的背后就是个人主义，尼采就是一个极端的个人主义者。我们时代就像尼采预言的那样，浙江大学曾劭恺老师将其概括为：每个人都来定义自己的存在方式，甚至定义自己的性别。个人主义的文化天才乔布斯精准地洞见了我们时代极端的个人主义文化，所以他搞出了iPad、iPhone、iPod，that is always i i i，因为这个时代就是iWorld。

躲进阳台成一统

这一年的国庆假期，本城阴雨连绵。我是一个名叫国庆的人，却从欢庆的环境中自我放逐了，躲进阳台成一统。和疯狂的阁楼人比起来，我们阳台人更接近地下室人，因为都喜欢造句。地下室人有着量子叠加态人格，或此或彼，或非此非彼，善于剖肝沥胆地考问灵魂，不能容忍《怎么办》中水晶宫式的浮薄。阳台就是我们阳台人的水晶宫；我们愿意在自己的造句中见到太阳，譬如：《包法利夫人》是福楼拜文法在爱玛·包法利这个人物的十字架上道成肉身。

创造性的人生

温尼科特认为，有创造性的感觉比什么都更能让人觉得"人生是值得活下去的"。与这种生活态度截然不同的，则是对外在现实百纵千随的顺从。在这种关系里，我们必须努力融入或费力去适应外在现实中的大小事宜。因此对个人来说，对外在现实如此唯命是听，有种白忙一场的意味，而且还连带着一种消极的想法，仿佛一切都无所谓，人生也不值得。

过渡空间的虚拟实境

有多少包法利主义者拎不清，艺术家们构造的虚拟实境，也就是元宇宙，它和物理现实是两个界面。后者可以模仿前者，但是你要用后者来检验前者，那你就是包法利主义者。譬如有一句名言，是包法利主义的，未经检验的人生不值得一过。持这种实用主义观念的一根筋的人根本不懂得，检验可以发生在虚拟实境。在过渡空间，通过创造性活动而形成的虚拟实境，就像在物理现实中生活的阴影，在光中照耀，而光却不能理解它。因为有了虚拟实境，一切物理现实中的生活都是值得的。

说人生不值得的人，要么是堂吉诃德，要么是包法利主义者。真正的人生可能不是堂吉诃德大战风车，但一定是堂吉诃德大战包法利主义。

人工智能与包法利主义

睁开眼睛一看，到处都是包法利主义。快手、抖音、手机的美颜算法，这些都是时下最流行的包法利主义者培训基地。包法利主义者的培训师已经从人工向智能转变了。AI 是最聪明的包法利主义者培训师。包法利主义者身上的三大弱点——欲望、虚假的知识、逃避责任——获得空前大解放，在 AI 算法设计的套路中，推动包法利主义者无穷尽地篡改生活。

战胜线性时间

线性的时间，永恒流逝。如果只能在线性时间里生活，活着的人是绝望的，是在车轮下，每天都在等死，就像乔伊斯《死者》中所区分的：已死者、将死者和虽生犹死者。加百列·康罗伊在《死者》的结尾战胜了线性时间，通过经验的显形内立于作为本有的存在之中：心凝形释，与万化冥合。包法利主义者要生活在别处，似乎是要从线性时间里逃离，仿佛是将来者，实际上是给线性时间一个加速度，是"等死+作死"。

五一节

　　五一节的时候，人们又要度假去了。度假是一个香喷喷的小资短语，根据福楼拜精确措辞的原则，倘若把它用在我这个工人棚户区里出来的幸存者的身上，就是错乱的。于是，我哪里都不去，继续在我的铁书房饰演古墓派中的骨灰级人物。1994年的五一节我不是这样度过的。那一天的重庆，室外极度烘热，知了嗷嗷地叫着。我逃了一周的课读完《战争与和平》，忽然感到空虚，就在最烘热的中午到北碚的大街上游荡，一直游荡到西南农业大学。在这样热烈的天气，我依然穿着长裤和长袖衬衫，袖口的扣子和领口的扣子都扣得紧紧的。我从来不敢穿短裤，因为一穿短裤，大家就以为我穿着毛裤。后来我根据这一天中午的经验写成一部短篇小说，还跟同学说，为写这部小说，自己从阅读《战争与和平》中汲取的力量几乎被耗尽了。写作老师把它当成了范文，但对里边的个别对话表示不满。

这样的经验,如果没有在写作中塑形,早已灰飞烟灭了。所以虚构为体,现实为用;敬畏虚构乃是认知觉醒的开端。

死与莎士比亚化

看到"诗人胡续冬去世"这个标题,我以为胡续冬老师只是放弃了诗人的身份,原来真的去世了。人们悼念的文字,大多是以自我为中心的,而死正是对自我中心的彻底战胜。死是生的创造性转化,是从有机物转变成无机物。人们总是有机物中心论地以为,死是惊天动地的大事,却忘记了无机物就是天地,长阔高深。如果生是万紫千红,那么死就是万紫千红还原成一万个紫一千个红。前者是概念化的,是席勒式;后者是朴素的现实主义,是莎士比亚化。

你不需要悼念,而且你要可怜我们仍然以自我为中心地活着。化用《尤利西斯》的结尾:Dead yes living yes everything yes I said yes I will Yes.

无机物的天地

我和智灯先生经常聊到死亡。念大学的时候，智灯先生做过一个梦。在梦里，他的头被割掉了。于是，他在梦里忧心如焚，到处寻找自己被割掉的头，始终找不见，以为自己死定了。醒来，他更加忧心如焚，显然认定死亡是人类最大的厄运。似乎只有人类是重要的，人类的生命是尤其重要的。

那时，智灯先生被人类中心论的罗网困住了。海德格尔批判人类中心论，认为理想的生活图景是天地人神四方游戏。如今，我们的知识已经更新了，认为这个批判是不彻底的，彻底的是批判有机物中心论。有机物中心论是自由的罗网。自由不是拈花微笑，不是出关，不是立刻化作蝴蝶，而是待我成尘时，你将见我的微笑，就像《巴黎圣母院》的结尾，人们想把卡西莫多和他所拥抱的那具骨骼分开时，他化作了尘埃。这是彻底的解放。

人们经常将无我与以物观物联系在一起，但是，当语境中有"无"作为使动词，"观"作为知觉动词，我就在场。这非但没有挣脱生物中心论，连人类中心论也没有逃离。最彻底的无我，是无机物地以物为物，相互分离，自由自在，这才是解放，是解放的本身。

判断产生噪声

马斯克认为,地球上如果少一些判断,人们的生活就会更好些。然而,结论是人们只有去火星才会更好些,因为到处都是判断,做出判断的人们总是要凸显自己的声音,用观点覆盖事情的如其所是,不懂得莎士比亚悬置特权要饰演"骨骼+空气"的老哈姆莱特幽灵的好处,更不懂得福楼拜追求作者隐退的好处。于是,到处都是自我中心的、浪漫主义的噪声,就像卡尼曼所言:Wherever there is human judgement, there is noise—and more of it than you think.

过年就是生活在别处

马上就要过年了。中国人的过年是典型的包法利主义。过年是要回家的,家又在别处,于是过年就成了生活在别处,而生活在别处是包法利主义的基本特征。我是害怕过年的。实际上,我并不害怕过年本身,因为我并不把过年当回事,它对我只有作为事实的意义,没有价值上的约束力。我害怕的是过年的后果。那是一场胆固醇、脂肪、蛋白质与酒精的盛会,是卡路里的狂欢,太混乱，太熵增。照薛定谔的看法，生命的本质是负熵，负熵即秩序。中国年太红火了，包法利主义者喜欢玩火。

过年需创新

旧历的年底又要到了。每逢这个时节，东北人就开始张罗各式各样的吃食，年复一年，没有倦怠，没有革新。但是，2023年有些不同，盼望过年的是老人和小孩，劫后余生的老人，包括我这样半老的人，味觉和嗅觉被奥密克戎摧毁了，嚼一块肉就像嚼一块木头。奥密克戎以残酷的方式，把人类推向低欲望的生活轨道，所谓有滋有味的美食不是必需的，必需的是碳水、脂肪和蛋白质。吃来吃去一场空，到头来，最真实的是增强现实的字的世界（words' world），被摧毁的可以借着它重建。

用怎样的语言迎接新年？如果用陈腔滥调，这就是做旧新年，是假古董，是新年的赝品，毁损了新年的独立品格。同时，用陈腔滥调贺新年，说明我们并没有未来，因为它被我们的过去错乱地用一般现在时叙述了，我们的时间是零，空间是无限。2022年即将被2023年结果了，而2022年的死不需悼念，因为它不是他者，和我们的关系必定会阴魂不散，但是会换一身行头，就像哈姆莱特穿着一身黑色的衣服，隐喻老哈姆莱特的幽灵。

故乡只是一个虚构

2023年旧历的春节又将在福楼拜界定的庸见中结束了。我一直处于制动状态，因为返乡和过年也都是借着语言的现场重建。语言是特洛伊木马，世界经由语言潜入人类的思想。故乡属于世界，而世界就像蛇头，把故乡藏进集装箱通过语言偷渡到我们的记忆。所以故乡的时态属于一般过去时，等同于自由间接的叙述。它从来不是可以抵达或重返的目标，而是借着语言的显形且不断被人类讲述的一个虚构的故事。结论：故乡只是一个虚构。

浮生一梦

我们回首过往，犹在镜中，一切都是朦胧的。所以，今生所谓的回忆不过就是想象与实情相互叠映的虚构。然而，砖地青灯、三冬水冻、岁寒之凛冽、严风掠窗于雪夜，如此有力道的寂静构造了我的童年。这一情状是面对面那样的真实，我的当下却恍如一梦。

从自我到自性

人到中年读荣格。越读荣格越觉得，中年以后，最要紧的是睡梦和字里行间。中年以前，人大抵都是包法利主义者，自我是主角，在虚假知识的指引下，飞蛾扑火，有嫉羡无感恩。中年以后，自性是主角，要在意识和无意识之间建立关联。睡梦让我们认识到意识是有局限的；在字里行间重复地耕读文本的语言就是解构自我，向自性敞开。

中年梦境

持续地学习，必然促进观察文本与造句能力的不断发展，所以回看自己过去写下的字，也必然会有遗憾，尤其人到中年，版本几乎升级到顶配，猛回头，我们的过去一片焦土。幸好，荣格的理论可以安慰我们，免得被基于不完美过去的悔恨吞噬，因为整体人格的中心并不是在完美人格的意义上谈论的，而是在包含意识与无意识的整个人格意义上谈论的。整体人格的中心不是自我，而是自性。

如果我们被基于不完美过去的悔恨控制，那我们的人格中心就还是自我，而自性才是人到中年以后的宏伟史诗。自性要求我们强行建立意识与无意识的关联，就像金庸所标举的八风不动，因为动力来自内部，而又含摄自我与外部现实。无意识是要紧的，通过做梦，无意识可以在场。无意识的在场是一种救赎，就像梦解救了荣格，三个有连续性的梦解救了温尼科特。所以有工夫就睡一觉，这是中年正事。

第二辑

意识的形状

行行重行行

2010年的岁末，学界庆祝钱锺书诞辰100周年。鼓乐喧阗的间隙，有一位从那年春天开始走到风口浪尖的学人想起了卞之琳。他着实有些寂寞了，却忽然想到，那一年是卞之琳诞辰后的第100年和去世后的第10年。于是，他动用研究所里的资源召集了关于卞之琳著译的学术研讨会。

在这一次研讨会上，与会者见到几篇新发掘出来的卞之琳的佚文。其中有一篇文章讲到乔伊斯。《一个青年艺术家的画像》第四章的末尾，有一句写道："On and on and on and on."卞之琳认为乔伊斯写下的这组词，借用了汉学家阿瑟·韦利对"行行重行行"的英译，只是略去了always。我通过谷歌搜索James Joyce + Arthur Waley，Joyce + Waley 及 170 Chinese Poems + James Joyce 和 170 Chinese Poems + a portrait of the artist as a young man，没有发现被检索的两方互见的信息。可见，卞之琳的这一观察独具只眼。他进而认为，"On and on and on and on"若换成"No and no and no and no"会更加确切。卞之琳没有说出理由。对这个判断，我倒别有会心。这四个 no，可以契合斯蒂芬的价值取向，因为他把语言、民族主义、宗教、中产阶级道德看作要飞越的罗网。然而，热闹是相似的，寂寞则不尽相同，有时的相遇竟也隔着"碣石潇湘无限路"。

卞之琳《还乡》中有两句诗："眼底下绿带子不断的抽过去 / 电杆木量日子一段段溜过去。"眼底下的绿带子，是指在疾驰的火车的窗前，诗人见到的庄稼地或草地。电杆木，诗人没有说是在眼底下；诗人也不可能见到量日子的电杆木；用空间丈量时间，那一定是诗人瞬间的闪念了。

卞之琳读过乔伊斯《一个青年艺术家的画像》，还推断说，《一个青年艺术家的画像》第四章末尾的"On and on and on and on"，借用了汉学家阿瑟·韦利对"行行重行行"的英译。有了这层关联，我们也可以推断说，卞之琳《还乡》中量日子的电杆木意象可能就出自《一个青年艺术家的画像》，因为这部小说里面有两个与之相似的句子：

电杆木一段段溜过去。火车行而又行。(The telegraph poles were passing, passing. The train went on and on.)

福楼拜,你的观察位置是否体面

前些时,在一张相片上见到一个人物的胸前缀着汗珠,就突然想起阿兰·斯皮格尔(Alan Spiegel)做的一篇精细的文章。

斯皮格尔在文中说,福楼拜的《包法利夫人》中的视觉形象在空间上是相互独立的,而且,不只是视觉的,也是触觉的,仿佛眼睛里生出一双手来在形象的表面滑动。他举的例子是这一段:

一天,他大约是三点到的。人们都在田里。他走进厨房,起先没有看见爱玛。百叶窗合着;阳光穿过条板间的缝隙,在地板上结成瘦长的光带,到了家具的边脚处,光带折断了,一段映上顶棚,正微微地晃动。桌子上摆着方才用过的玻璃杯,几只苍蝇在沿着玻璃杯的内壁向上爬,为了不溺到杯底的苹果汁里,它们嗡嗡地挣扎着。从烟囱进来的光照得壁炉的后面像天鹅绒,给冷色调的灰上投出淡蓝的光影。爱玛正坐在窗户和壁炉的中间缝补,裸露的臂膀缀着细小的汗珠。(注:引文是笔者从英文转译的,也就是隔着一层的 my translation。)

写天鹅绒倒也无妨，竟然还写"裸露的臂膀缀着细小的汗珠"？斯皮格尔敏感地以为，这个视觉意象实在太过肉感（voluptuous）了，难怪《包法利夫人》的出版商会被审判，以前的作家可从未让读者如此零距离地接近女人的肉体。

我起初读斯皮格尔的文章时，也觉得福楼拜这样贴近地写爱玛裸臂上的汗珠，实在不体面。怎么可以用触觉通感视觉来写女人的肉体？在19世纪的法国，作文可以如此不顾忌男女间的授受不亲？见到相片上人物的汗珠后，我忽然醒觉，原来隔着一段宕开的距离，汗珠的形象也可以是纯粹视觉的。进而又想，斯皮格尔的说法也有道理，大约是接受活动中用触觉增补视觉的过度阐释罢了，因为我们在现实生活中也经常会想歪了，严重的时刻，还会有过被警告的经验！

脊椎骨上的战栗

很多年前,我在杭州时有强烈要找人讨论文艺的冲动,强烈劲儿很像旧时武行里面的踢馆、过招。临到蜗居于北京,我开始不经意间对讨论与文艺相关的任何活动隔膜起来,有兴致的倒是体味这隔膜的自身,内里蕴藉着一种鬼魅样的陌生感。想象中那些人的表达哪抵得上我想象的速度,他们这些他者的幽灵或者全然被我把握为想象的图像了。

可就在很多年前,我在杭州时,对这样的讨论很是热衷。其中的一次,可能有张晓剑在场,也可能有春长,我不记得了,哪怕记得,他们俩也像寂静的鬼隐身在鬼一样的布景里。我问千帆,你读到自己最满意的书时,会有什么反应。千帆说,读到好的句子,脊背处会发麻,白马也是这样的。他接着说,是不是好诗,就看生理上有没有反应。我从来没有因为一个句子而有这样强烈的反应,读完一本力量丰沛的好书,心底就会凝结成痛苦的喜悦,或者读的过程笼罩着静穆的情绪氛围,我后来叫它阅读的形式感。有这样直接的体验支持,我觉得千帆的话很轻薄。

有一个午夜，我停止阅读一部关于乔伊斯的专著《书写城市》(*Writing the City*)后，为打发睡前的时间，即兴找来企鹅版奥威尔的随笔集《我为什么要写作》(*Why I Write*)翻看。该书的第三页写道：

When I was about sixteen I suddenly discovered the joy of mere words, i.e. the sounds and associations of words. The lines from *Paradise Lost*,

So hee with difficulty and labour hard

Moved on: with difficulty and labour hee,

which do not now seem to me so very wonderful, sent shivers down my backbone; and the spelling "hee" for "he" was an added pleasure.

差不多十六岁的时候，我忽然对字的如其所是有了认知，比如，字的声音和字的相互联属。《失乐园》中的两行，

他就这样历尽艰辛和劳苦

一往直前：他历尽艰辛和劳苦

现在，我对这两行诗已经感觉不到那么新奇了，而当时它们让我的脊椎骨战栗起来；而且以"hee"代替"he"的拼法增加了快感。

在我读《我为什么要写作》的几天后,晓剑见到这篇短文的主体部分。随后,他给我发消息说:"我记得,关于脊椎骨的反应,千帆和白马当时都说有。但我后来看书发现,欧洲的诗人早就这样说了。"

海明威与巴别尔

这几天的下午,待穿着停当后,我就头朝向窗口躺在床上。床头的一侧放着两本书:大卫·斯波尔(David Spurr)的《乔伊斯与现代性场景》(*Joyce and the Scene of Modernity*)和顾随的《驼庵诗话》,还有一个纯音王文曲星电子词典,一支5H铅笔和一支6B铅笔。我脚上穿的是添柏岚高帮靴,已经掸尽了灰尘,亘在床尾的靠垫上。我的头被棉被和枕头高高地垫起。窗帘早已拉开,下午的阳光穿过窗玻璃明晃晃地笼罩在我的脸和端在胸前的书上。

在阳光的照耀下,很快,我的意识就活跃起来。昨天收到江弱水老师的近作《天地不仁巴别尔》。我在午夜时,逐字逐句地读了一遍。江老师的行文快捷,文中警句迭出,论述视野会通中西,情理交相辉映。文章的末几句,借巴别尔的强悍,江老师嘲讽了海明威的阴柔:"所以我每次读到下面这句话,就要失笑:'一个人并不是生来就要给打败的,你尽可以把他消灭,可就是打不败他。'这分明是自揭底牌嘛!总之,海明威给自己注射了太多的雄性激素，可巴别尔衬出了他的娘娘腔。"我不能引用太多，也不能自由间接地阐发，以防"慧由己树，未足任也"。

陆建德先生曾经批评海明威大写了渔夫，做出男子汉气概。他诟病说，关于圣地亚哥的原型，通讯中讲的是，老人在看见自己钓的大鱼被鲨鱼吃得只剩下骨架后痛哭流涕，海明威却在《老人与海》中把他塑造成硬汉。陆先生的批评和欧文·亚隆的判断互相呼应。亚隆和他妻子玛丽莲·亚隆（她的博士论文作的是卡夫卡与加缪作品中的审判主题）合作一篇分析海明威的文章，主题如下：

> 海明威强壮的外表下是空虚的内心。他的公众形象高大、威猛、粗犷，热衷打拳击、大型狩猎和深海捕鱼。而在写给兰亨将军的信中，他暴露出自己只是一个脆弱的小孩。海明威崇敬的是真材实料、叱咤风云、勇冠三军的将才。他说自己是一个胆小的作家。海明威是一个极端有才华的作家，但他同时也是一个极端神经质的人，终其一生，严厉驱策自己，疲于奔命，饱受偏执、忧郁等精神疾病的折磨。

我试图从文艺与生活相互形塑的角度来理解海明威大写渔夫的用意，所以，下午近一半的时间，都在看《驼庵诗话》（江老师的文中引用了该书中的一个论断）。顾随讲到格物和物格,"心到物边是'格物',物来心上是'物格',即心即物,即物即心,心物一如,此为诗前之功夫,如此方能开始写诗",就此,"无论情、物、事,皆复活重生"。由此看海明威与老人圣地亚哥的关系,可以说圣地亚哥所体验的情、物、事在海明威的诗心中复活了。乔伊斯曾经讲海明威怎么生活就怎么写作,引申到《老人与海》那里,这个论断大约可以发挥成海明威与圣地亚哥的因缘际会,是海明威对己心与圣地亚哥的不离不执。顾随讲,雅不能去俗,虽俗,加入了力量,便可以脱俗。他甚至说,自以为雅而雅的俗,更要不得,不但俗,且酸且臭,而俗尚可原,酸臭不可耐。借用顾随的论断,可以说海明威这是在老人俗的"世法"中加入了力量,"世法"融入海明威的"诗法",也即世俗的现实重生成文艺。化用顾随文中的西谚:海明威有更脏的手,他也有更干净的心。

巴别尔的力量脱去了他文本现场中俚井的俗,但对物质—肉体狂欢的放任,同样泯灭了他的诗心。看巴别尔的作品,我们能否知道巴别尔身在何处,他该往何处去?巴别尔的心是否和海明威的心一样干净?我认为在巴别尔和海明威之间不应做取舍,让福斯塔夫和哈姆莱特共处一室,结构出俗与雅、世法与诗法混沌交织的文本,就像《尤利西斯》。

相似事件举隅

吉福德（Don Gifford）在他的《尤利西斯》注释中提到爱尔兰的一个迷信时说，小孩子一岁前剪指甲，长大后就会"手爪子轻，偷盗成瘾"（light-fingered and addicted to stealing）。《红楼梦》里的小丫鬟坠儿偷了琏二奶奶王熙凤的"虾须镯"，抱病的晴雯从宝玉那儿知道这个事后，驴脾气上来了，背着宝玉叫来坠儿，一边用一丈青（长耳挖子）乱戳她的手掌，一边骂她眼皮子浅，手爪子轻。

莎剧的译介也有借助方言才可直接沟通的事件。《罗密欧与朱丽叶》中的一句对白讲到"no hare"，朱生豪就把它直译成"不是什么野兔子"，梁实秋则意译为"倒不是野鸡"。朱先生是否知道 hare 就是指 prostitute 还不可知，但他的直译却可以在方言中找到支持：在哈尔滨或大连，正统性道德的局外人，有的就把找小姐（妓女）称作打兔。

手爪子轻与偷盗，妓女与野兔，真是"东海西海，心理攸同"。

男女的职分

《红楼梦》第四十二回讲到薛宝钗教导林黛玉如何看待男女的职分。短短的几句内容,庚辰本、程甲本、程乙本都相互间存在着些许的不同。二程本的语句平顺,主体内容相同,个别用词上的差异不影响语境的意义,但和庚辰本比较起来,一个关键的判断分句因为用词的区别出现了意义的对立。下面出自周汝昌以庚辰本为底本汇校的《红楼梦》:

> 男人们读书不明理,尚且不如不读书的,何况你我?就连作诗写字等事,也非你我分内之事,究竟也不是男人家分内之事。男人们读书明理,辅国治民,这便好了。只是能有几个这样?读了书倒更坏了。这是读书误了他(二程本:这并不是书误了他),可惜他倒把书糟蹋了,所以倒是耕种买卖,倒没什么大害处。你我只该做些针线之事才是,偏又认得了字,既认得了字,不过拣那正经书看看也罢了,最怕是见了这些杂书,移了性情,就不可救了。

薛宝钗虽然不擅长繁复、绚烂的文体,却作得一手中正、内敛的好诗,竟能以对等的价值不偏颇地看待书与人,所以应该算是文人,至少有文人的心态。钱锺书说:"文人是可嘉奖的,因为他虚心,知道上进,并不拿身份,并不安本分。真的,文人对于自己,有时比旁人对于他还看得轻贱;他只恨自己是个文人,并且不惜费话、费力、费时、费纸来证明他不愿意做文人,不满意做文人。"更有甚者,鲁迅竟然立下遗嘱责令他的子嗣不要做文人。据此,文人对待自己的职分总是动摇的,价值经常错移到别处,真可谓浪漫的反讽。

聚焦书与文,薛宝钗也"并不拿身份,并不安本分",讲求要么正经耕种;要么正经做针线,再不济,也该读正经书。林黛玉很受教,大大改善了与薛宝钗的关系,不再拈酸泼醋,以至于被宝玉称为孟光接了梁鸿案。大约仕途经济的观念在此时就让林黛玉铭刻在心了,伏脉在抄检大观园之后,薛宝钗逃离大观园,林黛玉可能因为思量自己立身的根基而规劝贾宝玉考取功名。倘若如此,那《红楼梦》后四十回也并非像周汝昌诟病的那样不堪了。

漂亮的锁骨与完美的喉咙

偶然在网上看到一篇日志，博客的主人讲她在一堂关于香港电影的课上见到了杜可风，也就是 Christopher Doyle。当时的情景是，学生们刚一坐稳当，就见一位头发斑白、衣着邋遢的人物走进来。博主说她见着眼熟，经介绍，才恍然大悟，原来是杜可风。

照例，学生娃们要向大师请教。博主问了大师对中国文化有什么看法。杜可风没有回答，却三步并作两步走到她的近前，接着严肃地说：你知道你的锁骨有多漂亮吗？杜可风也许说的是英语，究竟是怎样的？也许就是：Do you know how beautiful your collarbones are?

杜可风的语言并不是最要紧的，最要紧的是他的眼光。我们可以想见杜可风在当时循声转动的双眼，随后，它们就像架在铁轨上的摄影机，稳定、清晰、精确地推向博主的锁骨，最后，在一个体面的位置定格。

借助乔伊斯的眼光来看，杜可风就是标准的罗曼司式艺术家了，因为乔伊斯根据人物的趣味借用罗曼司式的语言鉴赏过格蒂（Gerty MacDowell）的喉咙：

Gerty's lips parted swiftly to frame the word but she fought back the sob that rose to her throat, so slim, so flawless, so beautifully moulded it seemed one an artist might have dreamed of.

格蒂立时张开嘴唇想要说些什么,但她抑制住了涌到喉咙的哽咽,她的喉咙那么细滑,白璧无瑕,形状俊美,是艺术家梦寐以求的。

午夜

到了午夜，我要是一个人，作息方式就可以自由支配了，也因此会感到空虚，不能再继续阅读坚硬的文本了。打开窗户，夜风进来，冲淡了积聚一晚的暖气，一会儿，膝间也有了清清冷冷的感觉。车辆的马达在远处紧紧地轰鸣着，近处是耳机里传来肖邦的《夜曲》。

这自由而空虚的午夜，很想在网上找篇文章看：因为刚从福特的文章里出来，那文中的调式和譬喻像有惯性一样，使要读的文章毫无滋味了。只读了福特激赏的文体家托马斯·爱德华的小诗《雪》。诗中讲，在白的忧郁里，在雪的广袤寂静中，一个小孩辛酸地叹气道，雪杀死了一只鸟巢里的白鸟，胸脯上的绒毛还在风中翻动着……

又一个午夜，根据福特文中的线索，找到他激赏的克莱恩的短篇小说《五只小白鼠》。福特竟然粗心地把它写成《三只小白鼠》。故事发生的地点是墨西哥城的一个绿房子酒吧，几个人在玩七喜，后来，又有几个人掷骰子，时间从白天到夜晚，中间还下了一阵雨。显然，弗莱迪是人物/叙述者。开头的两页内容就很好地体现了福特对叙述的要求：人物/叙述者可以表达各种偏见，以及对故事中别的人物的喜好与憎恶，但作者要限定自己，杜绝叙述中带有激情，不做评论和道德判断。

再一个午夜，推开门，走廊里左近的荧光灯都熄了。见到的光从两侧的尽头映过来，一侧是与六公寓的交接处，一侧是一公寓的水房。这一层楼里的人们都睡了。两边的光渐次暗淡地向我的门前汇合。我踱到水房，洗漱后，又踱回来。每间宿舍的门窗上没有灯光映出来，门也紧紧地合着。又开始读克莱恩的《五只小白鼠》，这一次看了四页，主要叙述几个人掷骰子的情节，纽约小子掷骰子前念叨了一段，就像我们说书艺人开讲时念叨的定场诗，点出了文题：

>Oh, five white mice of chance,
>
>Shirts of wool and corduroy pants,
>
>Gold and wine, women and sin,
>
>All for you if you let me come in —
>
>Into the house of chance.
>
>五只走运的小白鼠，
>
>羊毛的裙与灯芯绒的裤，
>
>黄金与葡萄酒，女人与罪，

> 一切都是你的只要你让我走进——
> 运气的房屋。

福特称《五只小白鼠》是全世界最主要的短篇小说之一。他还强调说，这就是印象主义。我忽然想到，钱锺书《写在人生边上》的《释文盲》一篇中，与印象相关的段落：

> 色盲决不学绘画，文盲却有时谈文学，而且谈得还特别起劲。于是产生了印象主义的又唤作自我表现或创造的文学批评。文艺鉴赏当然离不开印象，但是印象何以就是自我表现，我们想不明白。若照常识讲，印象只能说是被鉴赏的作品的表现，不能说是鉴赏者自我的表现，只能算是作品的给予，不能算是鉴赏者的创造。

不知道钱锺书讽刺的对象到底有没有具体的所指，如果有，他们以为这就是印象也并没有错得太离谱。依照冈斯特恩（Van Gunstern）的意见，对于印象主义者而言，周遭的世界不是秩序井然的，而是连成一片的朦胧画面，由混沌且不断变化的知觉印象构成，这一主观的感知经验来自与现实相统一的综合的、直观的感受。

当然，上面引用的这些都是描述印象主义者感知世界的方式，这可不是印象主义的，冈斯特恩可是用足了逻辑分析，不是单说什么"灵感"呀，"纯粹"呀，"真理"呀，"人生"呀。印象主义当然要讲求主观性，但是进入文学批评的界面，肯定是要在知识学上讲清楚的。是否一定要甄别出好坏，倒不是最要紧的，喜好也可以谈，不过是出发点罢了。说自己只知道喜欢什么，不知道什么是最好的，也不见得就等同于野兽，因为野兽知行合一，也就目盲于五色了，哪里还会认知自己的喜欢。

《红楼梦》中的东北方言

耗尽几十年的心血汇校《红楼梦》，周汝昌先生的痴心就是为了呈现曹雪芹的真文原笔。这些努力换来出版这部奇书的当局的来头也极为庄严，而且装帧的体式和页面的质感也都周正，气度沉雄。这样的品质让我这一回的阅读《红楼梦》也正经起来，字斟句酌自不待言，几近胶柱鼓瑟，连铅笔都不能在上面勾画了。

阅读中，更为欣喜的是见到书中广泛流布的东北方言。有些词语在今天的东北农村还在鲜活地使用，比如贾母说李纨"寡妇失业"的寡妇失业。还有"来着了"这样的小市民词汇。周汝昌先生自然不会错过对它的会心，注曰：此是北语，"着"要重读。然而，在我看来，这是错会了意，因为"来着了"是地道的东北方言，是指正赶上了好事儿，着读 zhao，二声。

有红学家说曹雪芹是东北人，从《红楼梦》中广泛使用的方言口语来看，倒真不是胡说。退一步讲，至少贾母和刘姥姥是比我更地道的东北人。

文学印象主义

20世纪的20年代,海明威有一段时间生活在巴黎。62岁时,海明威追忆了那段时光,写成他个人最具文人趣味的《变动不居的节日》。其中讲到海明威常去巴黎卢森堡艺术馆观看塞尚的绘画。他甚至讲通过观看塞尚的绘画促成他对写作小说手法的自觉。我一度想以"塞尚与海明威"为题目做一篇论文,还就此和沈语冰老师讨论过,但资料匮乏,只在论文集《关于海明威的剑桥文学指南》中的一篇文章中见到一段相关的论述。

今天,在网上搜索到推介麦茨(Jesse Matz)的专著《文学印象主义与现代主义美学》(*Literary Impressionism and Modernist Aesthetics*)关于文学印象主义的一段文字。推介者讲麦茨在书中考查了亨利·詹姆斯、约瑟夫·康拉德和弗吉尼亚·伍尔夫等现代主义作家的作品,因为这些作家想让他们的小说呈现的就是印象。推介者还转述了麦茨关于重新界定文学印象主义的论辩:这些作家喜好的与其说是立时的主观经验,不如说是中介知觉区别的模式。如同印象落在思想和感知中间的某个地方,印象主义小说占据着与世界汇通的相互排拒的方式的中间地带。推介中转述的内容没有涉及艺术手法，稍显笼统。

弗里德曼（Ariela Freedman）在她的博士论文《死亡、人类与现代主义》（*Death, Men and Modernism: Trauma and Narrative in British Fiction from Hardy to Woolf*）中较细致地梳理了"文学印象主义"这一概念。弗里德曼讲文学印象主义由福特提出，指称特定的文学手法，即叙述者的语调冷酷，文本语调一以贯之地间离其所叙述的创伤事件。弗里德曼根据这一论述指出文学印象主义的悖论：它在方式上既要重视主体性，又要同时强调手法。弗里德曼还引述了瓦特关于印象主义的界定，说是对创造的情境对象手法上的敏感，既针对场所，也针对艺术家本人。弗里德曼就此总结说，印象主义作品是对外在世界和作者内在意识的双重模仿。

谈到具体的操作策略时，弗里德曼引述了亨利·詹姆斯的观点，说他把印象主义理解成一种偷窥（voyeurism），而小说不只是一面透明的镜子，也是开启的一扇窗。所以，透明只是故事的一个层面，在窗的后面是讲故事的人，借助他的眼睛，或玻璃滤镜，图像开始形成清晰的印象。对于任何留心观看的人，窗外的景象都是同一和可接近的，而艺术家的技艺可以使他的视景特征化。超越作为手段的窗的型格（Window's Shape）的，是艺术家的意识，即作为观察者的人物，他过滤而且提炼了窗外的景物。到这里，提及了亨利·詹姆斯文学观的核心概念"意识中心"，刻写它与意识对象间的动态关系是亨利·詹姆斯精确写作的理想，这需要明确这个意识中心的位置在哪里，然后，就是选取精确的词汇进行内在和外在的模仿了。

我以前研读过塞尚的绘画理论，以为看塞尚的画要感受到塞尚在画外的位置，然后在想象中从这个位置直观出画里面的焦点，还曾把感受到塞尚在他画外的位置的意义比作维纳斯的断去的臂。不同的是，在我的想象里，塞尚和他的画之间的关系呈现的是前景虚、后景实的纵深构图；塞尚就是虚化的前景，功能如同亨利·詹姆斯所讲的窗的型格。换成小说，塞尚便可以直接进入文本叙述了；他的艺术家意识也可以详尽地形成文字，并被赋予意识中心的功能。借助文字的细致描述，这在小说中就可以转换成前后都是实景的大纵深套层，较之委拉斯凯兹的画中画《宫娥》也就更能展现得层次分明了。由此去看《乞力马扎罗的雪》，看《使节》，看《诺斯托罗莫》也就更加清晰了。

根据亨利·詹姆斯《使节》勾画的小说理想，作家可以隐退为隐含作者，仅像幽灵一样见证他的叙述者的叙述了。贝克特的默片《电影》里有一个中心人物，他做出各种行为的同时充分显示了他在躲避什么的意图，最后，他终于在镜头前暴露出惊恐的表情。到此时，我们恍然大悟，他原来一直躲避的是摄影机的镜头。我们由此反观，才知道摄影机作为偷窥者一直被他的拍摄对象戏剧化为《电影》里的人物了。这个结局与特吕福《四百击》的片尾安东凝望镜头的特写相似，使得摄影机所处的现实空间与片中主人公所处的空间汇通了，也就是电影把生活和拍摄技巧变成共时的在场者。

灯花深影里的笑声

张竹坡批读《金瓶梅》是将自我献祭给文本,做到了真情感与真情景的统一。批到第四回时,见"文心活泼周到,无一点空处",张竹坡感慨说:"吾不知作者于做完此一百回时,心血更有多少。我却批完此一回时,心血已枯了一半也。"

让读者更为动容的是第三回的前评。张竹坡自觉窥出以洒金川扇儿作伏脉的真文原旨,遂以隔代的知音会通九原之下作者见如是状的亦悲亦喜:"今夜五更,灯花影里,我亦眼泪盈把,笑声惊动妻孥儿子辈梦魂也。"

张竹坡的心智除却多视点(points of view)和交响乐样的格局,以影写、遥写和实写等笔法观照文本,精确地剖析叙述肌理(texture)中前映后带的内在秩序,对人情世故的诸关节也能鞭辟入里,形景就像乔学家休·肯纳观察《尤利西斯》。

兰陵笑笑生的真文原旨如何,他对知音又做如何的期待,似乎不可考证了。乔伊斯写作《尤利西斯》时,也曾在参回斗转的灯影里以尖利的笑声"惊动妻孥儿子辈梦魂也"。他是否也因为追魂摄魄了？即便如此，那也不是一个文本内部的事情，伏脉更深，迁延更广，真情感与真情景的汇合也显得缅邈了，可以体察到的也可以断定为绝非"冷眼观时个个嫌"。

彪悍

宋江和阎婆这两位把我的伦理立场彻底弄混乱了。到头来，我只能按照他们在故事中的本来面貌看他们，决不能滥情。

黑三郎由衷喜欢刺枪使棒的勾当，结交江湖上的豪客，因而对女色一类的小格局远没有西门大官人那样苦心经营。阎婆惜虽然是非著名的曲艺人，却也在江湖中久惯牢成，是"拳头上立得人，胳膊上走得马"的女丈夫，哪会伺候这份寂寞！什么恩惠呀，回报呀，都彪悍地不予理会，迅速挂上黑三郎的同事张三爷。于是，你对我好你就是好人我也会对你好的小市民唐二向黑三郎打了小报告。黑三郎亦彪悍地不予理会也，只顾专注刺枪使棒的勾当，跟阎婆她们娘俩玩开了失踪。本来可以各扫门前雪了，但黑三郎一玩失踪，就不顾什么面皮上的讲究了，立刻断了阎婆惜的家用。从这一点看，黑三郎的"及时雨"真是徒有虚名。

姜是老的辣，阎婆算计起她们娘俩今后的生计，自作主张强制阎婆惜用色相先把黑三郎挂住一时，再做打算。

所以，一逮着黑三郎的影儿，经过一番缠斗，阎婆硬是把这个无情浪子拖回家。黑三郎的性格实在粗犷，在软磨硬泡的功夫上，他可不是阎婆的对手，转瞬间，就被连酒带肉杀灭得没一丁点脾气了。胜利在望的阎婆下楼筛酒，"一头寻思，一面自在灶前吃了三大钟酒，觉道有些痒麻上来，却又筛了一碗吃"。

顾随说，《红楼梦》虽好，只能算作能品，而《水浒传》是神品。江弱水老师说，悟到不惑，才明白驼庵的判断，于是，击节叹服。

至高无上的存在

好些年前，在孙周兴老师的课上，我问他：海德格尔相信基督教的上帝吗？孙老师回答说，海德格尔相信人类之上有一个神，无论是基督教的，佛教的，还是其他教的。我还试图和他讨论海德格尔与乔伊斯之间的相似性。刚一开口，被孙老师一句话打断说，他们怎么有关系！

从影响上看，海德格尔和乔伊斯确实没有什么关系，而且乔伊斯和庞德一样讨厌德语。庞德说，好的德语散文，譬如海涅的作品，是从法语学来的。庞德很赞赏乔伊斯的英语散文，认为那是对福楼拜风格的承衍：清晰、冷峻、精确。乔伊斯赞赏的是豪普特曼，而且学了德语，就为的是读豪普特曼的戏剧。豪普特曼的一幕剧里赞美了死亡：死如爱一样温柔，死遭受了恶意的毁谤，这是世界上最恶毒的欺诈，死是生的最柔和的形式，是永恒之爱的杰作。

1903年，乔伊斯在都柏林的大街上遇见了叶芝，说到他母亲生死未卜，然后接着说，不过这一类的事情不怎么要紧（but these things really don't matter）。乔伊斯的母亲梅·乔伊斯去世前，要求乔伊斯忏悔和领圣餐。他拒绝说，他不会对权威用了20个世纪建筑起来的象征盲目崇拜。与宗教相关的，乔伊斯说，他最多相信有一个"至高无上的存在"。

铅笔与阅读

在重庆北碚念大学时，听到和读到一些关于钱锺书的逸事。比如说他年轻的时候讲求衣着服饰的清雅，喜好紫色西装，再配上墨镜，可以想见他的年少翩跹和干净利落的风度。

我至今也没穿过紫色西装，西装也有些年不穿了。紫这种颜色加在我自己的身上是生涩的，但作为对象，我却可以欣赏它。还记得小学的班主任老师念的范文中，有一篇的起始句写道："这是一个淡紫的夏季。"

钱锺书的逸事对我产生直接影响的是他的读书方式。他在读书时，喜欢用铅笔重重地画在他以为好的句子下面，读完一本书后，再把书从后向前寻章摘句地看一遍。我念大学的时候就模仿这样的读书方式，不同的是，我用钢笔勾画自己认为好的句子，然后把该页折叠起来，读完一本书后，再把折叠的页面中勾过的句子读一遍，要是还觉得好，就抄在笔记本上。所以，当时我和同学聊天，随口能背出很多书里面的句子。

这些年，我大多数时间是在读英文。阅读的文献多是从北大图书馆和国家图书馆复印的，A4纸的一个页面缩印原书的两个页面，行距就更加小了。我读英文，遇到生字就要在它的旁边注音，还要标出中文或英文的字义。B类铅笔在这样小的行距里派不上用场，哪怕笔芯削得再尖，也显得泥；注音标义，要用极大的小心才不会模糊成一团——即便如此，页面也总会弄得又脏又乱。HB铅笔的效果要好一些，只是笔尖要不断地削。我之后依次尝试选用2H、3H、4H的铅笔，最合心的是4H铅笔。可能国内生产铅笔的厂家执行的标准不严格，这些天用的4H铅笔，竟然也有些泥了。前两天，在超市见到5H铅笔，担心字迹太清，就买了4支试用，用得得心应手，于是又买了8只。有了5H铅笔，我现在阅读英文的心态较以前更加泰然了，阅读形式也因此显得通透，使得阅读内容成了活的形象，仿佛就要在眼前站立起来。

在更换H类铅笔阅读英文的同时，钱锺书用铅笔重重勾画句子的形象还时常在我的意识里闪现，偶尔在读中文书的时候，我在旁边准备了一支6B铅笔，遇见好的句子，就在下面用力地画过去，仿佛压路机碾过新铺的路面。

沈从文的常青

因为着凉而头痛的夜晚，我一直在读《从文自传》。黄永玉题写的书名，字体中可隐约见出强悍的江湖气。沈从文的江湖气是秀美的，大约是一种日神精神；黄永玉的江湖气暗含侵略性，处于屈就与放任之间，沾染一半的酒神精神。我念大学时，沈从文就红火起来，那时自然先捡他的《边城》来看，记得还看过《萧萧》《柏子》一类的短篇，也看过《湘女萧萧》的电影，大约在片头，或片尾的字幕上，题写着像是标志沈从文的文学理想，是要在他的心里建筑希腊小庙一类的话。《女难》一章讲沈从文在沅州当差时，从亲戚处得到一些商务出版的《说部丛书》，有狄更斯的《冰雪因缘》《滑稽外史》和《贼史》。因为读到这几本书，沈从文说：

> 我欢喜这种书，因为它告给我的正是我所要明白的。它不如别的书说道理，它只记下一些现象。即或它说的还是一种很陈腐的道理，但它却有本领把道理包含在现象中。我就是个不想明白道理却永远为现象所倾心的人。我看一

切，却并不把那个社会价值掺加进去，估定我的爱憎。我不愿向价钱上的多少来为百物作一个好坏批评，却愿意考查它在我官觉上使我愉快不愉快的分量。在我印象里，我永远不厌倦的是"看"一切。宇宙万汇在动作中，在静止中，我皆能抓定她的最美丽与最调和的风度，但我的爱好却不能同一般目的相合。

这一段自白大约可以作为沈从文突然红火起来的论据，因为朴素的诗胜过感伤的诗，生活之树常青。

关于沟口健二的二三事

和塔尔科夫斯基这样科班出身，父亲又会写诗的导演比起来，沟口健二相形见绌，祖上虽然阔过，但书香绝续，和丹麦德莱叶的境遇仿佛，先就事于报业，后托关系挤进电影圈跑龙套。沟口平时有模有样，待人接物随和又斯文，一旦喝高了，就大吵大嚷，乱骂人，脾气很坏。沟口有一点福斯塔夫的劲儿，上下都吃得通，终于在导演紧缺的时候升格为导演。沟口仇恨父亲，并不把自己干的事当回事；他讨厌工作，喜欢到欢场吃酒淫乐。有一回，在电影拍摄的中途，沟口被妓女捅了一刀，剧组干脆把他扫地出门。后来，沟口认识了一个舞女，叫千惠子。千惠子的丈夫当时是混黑社会的，但为人还算正派，经人斡旋后，和千惠子解除了婚约。沟口就这样娶了一个离婚的舞女为妻。千惠子后来疯了，大约是因为染上了梅毒。沟口为此感到很愧疚，尽管他检查过身体，知道和他没有关系。

沟口拍电影，从没夸口自己是在拍纯艺术片，但他的一些电影被称为最具日本特色的唯美经典。田中绢代参演了沟口所有最重要的电影。沟口曾和小津安二郎说他爱上了田中。媒体得到消息后，就此问田中。田中说，沟口是很好的导演，但作为丈夫，他不够幽默，他的生活方式也不符合她的理想。其实，据田中回忆，沟口从来也没有公开追求过她。她那样评说沟口，大约是因为对他太过敬畏了。当媒体再去向沟口问起这件事时，沟口说他被田中小姐抛弃了。对此，田中很是感激，说沟口从不肯伤害女人。田中眼里的沟口非常敬业。影片拍摄时，沟口几乎从不离开片厂，连厕所都不去，随身自备了尿壶。沟口当初拍摄女性题材的电影完全是出于市场的考虑，因为他老师当时拍摄男性题材的电影已经取得很大成功。然而，影评界认为，日本导演塑造女性形象，尤其是艺伎形象，沟口是其中最具深度的。沟口对自己的电影并没有充足的把握。1953年，沟口和田中带着《雨月物语》去威尼斯参展。他对田中说，要是得不了奖，就不回日本了，待在意大利留学。

　　沟口对影片的画面色调很讲究。在拍摄《雨月物语》中水上划船的那场戏时，他这样要求摄影师宫川一夫（此人也是《罗生门》的摄影师）：他想要的是一种柔和的效果，带着些许的对照，就像中国的南宗画，用淡墨营构出精致的灰色调（He wanted a subdued effect with very little contrast, like in the southern school of Chinese painting, with the delicate grays of diluted ink）。宫川讲，因为黑白片的限制，这一效果很难达到，副片洗印出来，色调平板，不是沟口所要的那种有深度的、柔和的灰色。但宫川根据经验，在用光上做了严格要求：尽可能在日落前的弱光下拍摄（The shooting had to be in low light and as close as possible to sunset）。

斯泰因小姐

格特鲁德·斯泰因是她那个时代的先锋作家,又是同性恋者,观念理应更加开明。但你不能当着她的面两次提到乔伊斯,否则你就别想再登她家的门了。海明威对此颇有世故,懂得不能在一位将军的跟前提另一位将军。用张爱玲的话讲,同行相妒,尤其是女人,所有的女人都是同行。

斯泰因小姐对海明威《在密执安北部》颇有微词,认为海明威给她看的短篇小说集,除这篇外,其余的尚可,形景就像成仿吾之于鲁迅的《不周山》。斯泰因认为,《在密执安北部》不能登大雅之堂,不会被发表,而不发表出来,写它就没有意义。我们不能说斯泰因偏狭地歧视异性恋,她对海明威夫妇就很有好感。她可能对小说中关于性的描写有些抵触。另外一位有同性恋嫌疑的先锋作家伍尔夫就显得开明一些,认为"惬当的小说内容"并不存在,一切都可以是"惬当的小说内容",每一种情感、每一点思想、头脑和精神的每一点特性都得到应用,没有任何感官知觉来得不合时宜。斯泰因小姐对男同性恋者也持有偏见，认为他们太脏；而伍尔夫却可以和男同性恋者斯特莱切玩成知己。

从另一方面看，斯泰因小姐的偏执和她的体型、装扮比照起来却显现出别具一格的美。她是那样粗壮，衣着是那样寒酸，却要省下钱来买毕加索的画。海明威觉得斯泰因最漂亮的是眼睛。我们也可在照片上感受到斯泰因的那双眼睛是那样的明亮、专注，从中也可窥出她性格中的坚定有力、直而不拙。在一切钝的表象下蕴含着直烈的力量，这样的形象本身就是一件艺术品了。

芭比波朗与塞尚

今天晚上,在CCTV-10的人物栏目里,见到了著名化妆师芭比波朗。她如今是纽约化妆界炙手可热的人物。CCTV-10把她的工作称为在脸上作画。我在看节目时,想到曾经和一个中国美院附中的学生讨论过化妆。他说,展现自然美没什么了不起的,最重要的是如何把不美的装饰成美的;他强烈认同人造美。我当时很激赏他的判断,化妆师就应该有这份鬼斧神工。在此刻,我又突然想到塞尚。

记得是1999年的秋天,我在一本艺术史上看到塞尚的一幅画:《塞尚夫人》。当时,我还写了一首诗,就叫"塞尚夫人"。到今天,我一直没有再看那幅画,但最初看它的印象却依然清晰,而自己写的诗,一句也记不得了。画中的塞尚夫人穿着红色的裙子,坐在椅子上,整个躯体有些硬挺,目光凝定在进退之间,她的手放在膝前,有些无所适从。我那首诗的核心大约是描述一种视觉印象中隐含的筋力。我至今仍觉得,看塞尚的画,一定要感受到塞尚在画外的位置,他就像维纳斯断掉的臂。

芭比波朗和她的作品间的关系是怎样的？她提出了淡妆理念，这似乎是要呈现人物的自然美。我在电视里也看到被她化过妆的女明星。她们在走秀时，面部确实给出恬淡、适切的视觉印象，但总不能给我被抓住的感觉。那淡妆里隐含的仿佛只是人物的可能性，是人物一定愿意被这样看和观众也希望这样看共谋后的形式。最后，诉诸视觉的是淡妆本身。画中的塞尚夫人则是被塞尚这样看出她自己的内在挣扎，色彩反而是人物自身如其所是的隐喻了，成了透明的形式。借此，塞尚与他的人物上演着看与被看的戏剧。

芭比波朗很是感激她的父亲，因为他让她成了她自己。也许，她确实如此，但吊诡的是，她使别人成为他们自己的可能。

用音乐拿出一个世界

多年前,德国的 DG 唱片公司为王健灌制了他演奏的巴赫《无伴奏大提琴组曲》。在访谈中,王健说,演奏巴赫《无伴奏大提琴组曲》最能检验一个大提琴手鉴赏音乐的审美趣味,因为这套大提琴组曲内涵非常丰富,而曲谱没有标明具体的演奏方式,需要琴手凭借个人的音乐修养独立完成对曲谱的整体理解。由此,比照整个演奏传统,琴手的音乐审美高下立判。

如今的王健已经成为享誉世界的大提琴演奏家了。他在耶鲁大学的老师称他是自己有生以来最有天分的(most gifted)学生。在反思个人音乐生涯时,王健以现身说法表达了他关于音乐的一些论断。在王健看来,大提琴是他通达某种境界的手段,如果能完整地表现这一境界,怎么演奏都可以。王健对音乐的鉴赏也是如此。他讲自己经常被一些好的音乐打动,能够感受到演奏者所要构造的世界。大约就是这个缘故,王健说,如果有能力用音乐在一瞬间把一个世界拿出来,而听众能够感受到这个世界,这是最美妙的事。

王健的这些判断是非常沉实的美学材料，跨越时空地辉映了克罗齐的一个结论：直觉即表现。发挥克罗齐的意见，就是当主体对某一世界有了整体直觉时，直觉的对象就获得了形式，于是在意识中就转化成了意象，这就是艺术，而如何以符号的形式传达出来，已经相当于搬运艺术的体力劳作了。可惜，王健没有守住作为认知主体的意识边界，竟然通神论般地认为：灵魂对于人是最重要的；灵魂创造了宗教和艺术；艺术是灵魂的食粮。

王健特别强调听音乐和演奏音乐时的感动，这使他的音乐观似乎暗合了托尔斯泰的传情艺术论。如果沿着王健的论断细细切分，会发现感动是因为先感受到音乐所传达出的世界。从克罗齐的视角看，先是世界在意识中被意象化，然后，情感才发生；而此时，意识已经与艺术在时间上错开了一段距离：意识在先，艺术在后。引申来说，无论是曲谱，还是音乐接受者通过感动来演说音乐的话语，都只是对艺术自身的隐喻，是技对道的临近，而非道被技覆盖了。

迈克尔·格拉顿

乔学家迈克尔·格拉顿（Michael Groden，1947—2021）研究乔伊斯四十多年，研究重心是《尤利西斯》及其稿本。在格拉顿主编"乔伊斯档案"的当口儿，欧洲理论开始主宰北美大学的英文系，替代了以精确的文本为基础的研究。机缘巧合，格拉顿因为主编"乔伊斯档案"，以及间接介入加布勒（Gabler）版《尤利西斯》的汇校，一直专注于文本发生学和文本批评。如今，以精确的文本为基础的文学研究又开始成为主流。

格拉顿曾经卷入乔学中一场与版本相关的冲突，他站队加布勒大战基德（Kidd）。今天看来，基德的做法是从读者的利益出发的，给出的是可以当作呈堂证供的虚构（legal fiction）；格拉顿以稿本证据为逻辑起点，给出的是事物的如其所是。基德应该有一颗好心，是以做好事为目的的好人；格拉顿是休·肯纳赏识的真人。基德真的知道读者的真正利益吗？在某种意义上，己所欲，施于人，是粗暴地输出利益。另，事实是逻辑的起点，观点有可能是构陷的起点。

1853年2月17日，福楼拜在给路易丝·科莱的信中说，一个人把五六本书读得精熟就可以成为一个睿智的大学问家。格拉顿把自己循环阅读的书约简成一本，即《尤利西斯》。这位让人敬爱的老头睿智地告诫世人，他走近乔伊斯叙述世界的愿望，不是为了成千上万的读者，而是为了能够循环往复地阅读乔伊斯著作中的人。格拉顿写了一本聚焦《尤利西斯》的书，被称为"自我与布卢姆合传"。这位可爱的老头和他热爱的人物布卢姆你中有我，我中有你，现实与虚构高度融合，真是庄生晓梦迷蝴蝶。

2021年3月25日，格拉顿去世了。老头出身于相对舒适的工人阶级家庭，是一个心智圆熟、高度教化的乔学家。格拉顿的论文，无论结构，还是句法，都是那么合度、均衡、对称，受到现代主义权威批评家休·肯纳的激赏。每个《尤利西斯》的读者都应该热爱他。

凯伦·劳伦斯

凯伦·劳伦斯（Karen Lawrence，1949—）因为对于《尤利西斯》的文体和叙述，抽丝剥茧、鞭辟入里的研究，在乔学研究者中独步一时。1997年，加州大学欧文分校的常务副校长打电话给凯伦·劳伦斯，说她获得了该校的教职。凯伦先是一阵惊喜，忽然又拒绝了邀请，客套几句，便挂断了电话。

一下子要离开自己工作二十年的犹他州立大学，离开一些老朋友，离开一座好客的城市，还要和家人两地分居六个月，凯伦感到自己就像短篇小说《伊芙琳》的同名主人公，在都柏林北墙码头，遭遇人海波澜一样，突然瘫痪了。随后，凯伦在课堂上讲述乔伊斯时，随口提到《伊芙琳》（通行的汉语译名是《伊芙琳》，但是，卞之琳的译名《爱芙林》最接近它的英语读音）。最后，她把自己又一次戏剧化成《伊芙琳》的主人公了，不再是瘫痪（paralyzed），而是愿景的显形。她在课上冲口说出：我要去布宜诺斯艾利斯。

课后，凯伦打电话给加州大学欧文分校，接受了教职，在那里讲述了十年乔伊斯。所以，普鲁斯特说的是对的，人们往往由于暂时的情绪而做出最后的决定。

乔伊斯眼中的作家

劳伦斯那个货写得实在太差了。

奥登·斯彭德那帮家伙是一群没脑子的童子军。

彼特拉克是一个脑子不清不楚的审美家。

最近两个世纪,根本没有一位伟大的思想家。从康德到克罗齐,这些人不过搞一点园艺罢了。

丁尼生是一个没脑子的土里土气的诗人。他写的不是荒野的乡下,而是花园。

话痨的勃朗宁,他的人物无论是谁都像知识分子一样喋喋不休:意识没结没完地自我重复着,直到身陷词语的迷宫。

梭罗根本就是一个美国的法国佬,是夏多布里昂之流的门徒。

和司汤达比起来,萨克雷《名利场》的社交场景太没有生气了,然而,他们叙述的却是同一时代的同一类人。司汤达也不像萨克雷一样感情用事,尤其对待女人……不过,萨克雷比司汤达有幽默感。

普希金《上尉的女儿》智商为零,普希金活得像个孩子，写得像个孩子，死得像个孩子。

福楼拜以后，最好的小说家是托尔斯泰、雅克布森和邓南遮。

托尔斯泰是一位伟大的作家。他一点不闷，一点不蠢，一点不讨厌，一点不掉书袋，一点不做作！

所有的英语作家中，乔叟是最清晰的，他像法国人一样精确、睿智。

《奥德赛》的结构是无与伦比的，探究它是集体创作的人一定是德国的蠢驴，它是独一无二的，不可重复。它比《哈姆莱特》《堂吉诃德》《神曲》《浮士德》更接地气。

亚里士多德是一切时代最伟大的思想家。他著作中的任何事物都被界定得清晰、简要。后来的汗牛充栋都是对它们的重新界定。

鲁迅先生与西门大官人的美学观之比较

萧红在回忆中记录了一段她与鲁迅先生的对话,关于女人的服饰美学:

> 许先生忙着家务,跑来跑去,也没有对我的衣裳加以鉴赏。
> 于是我说:"周先生,我的衣裳漂亮不漂亮?"
> 鲁迅先生从上往下看了一眼:"不大漂亮。"
> 过了一会儿又接着说:"你的裙子配的颜色不对,并不是红上衣不好看,各种颜色都是好看的,红上衣要配红裙子,不然就是黑裙子,咖啡色的就不行了;这两种颜色放在一起很浑浊……你没看到外国人在街上走的吗?绝没有下边穿一件绿裙子,上边穿一件紫上衣,也没有穿一件红裙子而后穿一件白上衣的……"
> 鲁迅先生就在躺椅上看着我:"你这裙子是咖啡色的,还带格子,颜色浑浊得很,所以把红色衣裳也弄得不漂亮了?"
> "……人瘦不要穿黑衣裳,人胖不要穿白衣裳;脚长的

女人一定要穿黑鞋子,脚短就一定要穿白鞋子;方格子的衣裳胖人不能穿,但比横格子的还好;横格子的胖人穿上,就把胖子更往两边裂着,更横宽了,胖子要穿竖条子的,竖的把人显得长,横的把人显得宽……"

偏巧,西门大官人"也晓得女人穿衣裳的这些事情"。有一天,适逢孟玉楼过生日,西门家的众堂客齐聚在后厅吃酒庆祝。西门大官人也是有一点纲常在胸的,不想跟着婆姨家凑哄,坏了体统,便独自在房中享用酒菜。机缘巧合,正是来旺儿新过门的媳妇子宋蕙莲来席上斟酒伺候。大官人见"蕙莲身上穿着红绸对襟袄,紫绢裙子",随口问玉箫道:"那个是新娶的来旺儿的媳妇子蕙莲?怎的红袄配着紫裙子,怪模怪样。"过后,大官人叫玉箫送给蕙莲"一匹翠蓝兼四季团花喜相逢缎子",并吩咐让她做裙子穿。由此推断,在西门大官人的眼里,红是要与鲜艳的蓝相匹配的。

借用鲁迅先生的美学,这纯然的紫也许并不浑浊,至少是好看的,虽没有"红"那样强烈,在色调上已是相近的了,配合起来,却也不会污了"红"的漂亮。绿和蓝是相近的,紫与红是相近的,绿与紫的搭配,鲁迅先生是反对的,而西门大官人却偏偏喜欢用红来匹配蓝,鲁迅先生眼里的外国人也恐怕不会效尤吧!

宋蕙莲含羞自缢后,西门大官人在藏春坞雪洞内的书箧里还藏着蕙莲的一只鞋。蕙莲的脚比潘金莲的还要小,鞋也只能盛秋菊的一个脚指头。这照鲁迅先生的说法,如此短的脚就更应该穿白鞋子了,而西门大官人心心念念的这一只鞋却是大红平底的。这也许应了大官人自己的审美官能,因为他的靴子下也是垫了一个粉底。所以,西门大官人的美学要让这官能化的粉红排第一名,余下的,就是奢华地掳来各式各样的鲜艳来装饰这官能了。

文学中的伤寒

花子虚在西门大官人热结的十兄弟中排第四名。虽然如此，人们还是习惯称呼这位子虚兄为花二哥。其实，叫他老四也合乎情理。花二哥风光的时候，馆里养个唱的叫吴银儿，农历六月廿四日生，花二哥也活了二十四岁，真是冤孽。到二十四岁这一年，花二哥的运道背行了，亲兄弟把他告进了大牢，切割了他的不动产；花公公留下的私底也被李瓶儿架着梯子转渡给跟花二哥热结的西门兄了。于是，害了一场伤寒，挨到十一月的二十头，花二哥死掉了。

害过伤寒病的文学形象，我记得还有一个《静静的顿河》中的哥萨克葛利高里。也是大冬天，葛利高里害的是斑疹伤寒，躺卧在爬犁上，在冰天雪地中穿行四十几天，终于扛过去了。沈从文在自传中，也讲到他害过伤寒，却是在湖南水乡的阴冷潮湿中，也是挨过四十几天，也扛过去了。

从蒋竹山或兰陵笑笑生的视角看，花二哥的伤寒病大约是可以医治好的，前者以为是请了庸医；后者大约以为是被宅内的火烧的,因为,大凡妇人变更,不与男子一心,随你咬折铁钉般刚毅之夫,也难测其暗地之事。

洁净

《贫嘴张大民的幸福生活》里的张四民,她的脸孔让我忽然想到《尤利西斯》中的格蒂在暮色苍茫中见到布卢姆的脸孔:苍白而异常憔悴,是从未见过的悲戚。

阅读文本时,我们读者很难注意到张四民的声音,她的形象寂静得如同书页上的空白,连张大民用了她的毛巾后,她的赌气也只是存留在细心的读者臆想中一轮恍惚的白,就像布卢姆一身的黑衣正要在渐浓的夜色里化掉。也许是因为在寂静里蕴藏着要讲述的力量,所以张四民的脸色和她心底的洁净在细心的读者那里更能统一得浑然天成。细查到这里,布卢姆的徒有其表便裸露无遗了。他应该自惭形秽,早晨刚吃过亲手用黄油煎的猪腰子,午后还要吃下水,连同出恭时,肠气的喧嚣,还有意淫、手淫等不一而足。有人好心地评说"艳照门"里的主人公们脏得像个人了。好心是好的,但出于好心而说出这样的话若给史湘云听见,难免会被骂:"糊涂东西,越说越放屁。"

《红楼梦》里的爷们儿、姐们儿的嘴上经常挂着要"干净"一下的话，黛玉对它的讲求算是最彻底的，落花都不能撂在沁芳桥边的水里，因为水在大观园是干净的，"只一流出去，有人家的地方，脏的臭的混倒，仍旧把花糟蹋了"，于是，她就在大观园的犄角处建个花冢，把落花扫了，装进绢袋，埋在土里，日久随土化了，这样才"岂不干净"！黛玉这样的作为，美学上讲的是"感时花溅泪，恨别鸟惊心"样的心到物边，或者是德国美学中的移情，完全区别了她在后文要"花落人亡两不知"的物我二分。这两个极端都是极端美的，却不能被具体的个人切实地体验到。张四民的洁净更加个人化了，接近物来心上的"物格"，因为不落言筌，而将主体的位置、距离安放得恰到好处。

洁净到了我这里，就有了声音，是具体化的形式，而且，附着布卢姆样的油腻身，却没有油腻、洁净两不知，譬如今晚，我就在洗衣房跟人讲，这衣服要自己一寸一寸地亲手洗过，里外都不留死角，才干净。

涉阶而没

每天,缓慢地做着本可以快些做的事。而对于要做的事,在做之前,或做的过程中,心里就预先浮现了把它做完后依旧的空虚。于是,就不断迁延这做的过程,渐渐地,就在这过程中开始泰然任之了,几近仿佛体验这过程的迁延胜过了一切。有时竟怀疑行事有坚定意义的人,他们雄心勃勃地要留下什么?想象和这样的形景可能会发生关联的后世与今生,对于我,有,它的熟悉就像早已有过了;而没有,它的陌生就像只能在有之前才可以有过。日光之下并无新事。

因为空虚,我已经不会发自本心去褒奖自己和别人的事业了,最真实的是用被局限的孔洞里的光映照我与它们的关联,风格是疏离的浮寄孤悬(distantly brittle)。我忽然想到《聊斋志异》中的一节:聂小倩向宁采臣说她以前读过《楞严经》,今多半遗忘,想借来读读,希望宁采臣指正。宁采臣说好。二更快到了,聂小倩不肯走,宁采臣催她。聂小倩说,异域孤魂,很害怕荒墓。宁采臣又说,没别的床了,赶紧走吧。聂小倩想哭哭不下来,走一步拖一步,终于"涉阶而没"。

音乐与下午的阅读

下午3点40分,我原以为已经4点多了。此前,我在午睡中醒来时,发觉碟机里播放的古尔德演奏勃拉姆斯的4首叙述曲已经停了。在午睡前,我先把录有那几首曲子的碟片放入碟机,然后,躺在床上,准备听着音乐午睡。不久,意识渐趋浑浊,思绪开始凝重,像被裹进了缓慢流动着的暗灰、发亮的水域。仿佛在那凝重的意识里经过了很多年月后,我才从那恍若隔世的梦境中醒来,刚一意识到那音乐已经停了,就赤脚下地,迅速到碟机前回放那几首钢琴曲。

随后,我又躺回到床上,想要再睡一会儿,但睡意很快就在音乐中消散了。我顺势向左翻身,看到摆在床头的哈罗德·布鲁姆的《西方正典》。伴着音乐,我缓慢地看着书中已经看过的写塞万提斯的一章。文中提到卡夫卡写的关于桑丘的寓言。也许是翻译的问题,我绝不认为卡夫卡写的是寓言,这是讲艺术家的微型小说。《西方正典》把卡夫卡文中的堂吉诃德理解成桑丘的守护神,在我看来,恰好是个颠倒。可惜,不能核对原文。卡夫卡说过，只要把第一人称转换成第三人称，就可以成为艺术家。就此而言，塞万提斯可算大艺术家，这一点，哈罗德·布鲁姆的理解是到位的，塞万提斯在思想情感上与桑丘和堂吉诃德间已经纠缠成一个潜在的互文性文本。

我就这样一边听音乐，一边在阅读中不断联想，经历时间的流逝。音乐又结束了，我停下心猿意马的阅读，去碟机前回放那张碟片时，瞥了一眼闹钟，以为已经4点多了。现在，我断定，我那时准是把闹钟的长短针看颠倒了。这时，意识中滑出一个闪念，觉得要给江弱水老师打个电话聊一下近况了。自从上次为野草莓老师（**在网络论坛交流的文友倪湛舸，现任教于弗吉尼亚理工大学**）联络教学实习的事到现在，我就再没给他打过电话。

刚拨通电话时，师母接的电话，说江老师还在睡觉。我撂下电话，瞟一眼旁边的闹钟，原来才3点40分。

我正准备回床上接着看那本书，电话铃就响了。是江老师的电话。他问我最近在看什么书，写什么文章没有。我说我准备把乔伊斯《一个青年艺术家的画像》中的美学思想写出来。他让我不要总盯着乔伊斯看，说他最近重读了《包法利夫人》，离上一次的读已经隔20年了。他还说人民文学出版社新修订的李健吾的译本最好，用了更加易读的现代汉语订正了一些原来拗口的句子，那种谨严的句子和段落写得精确至极，是那种"一鞭一道痕、一捆一掌血"。我最初看的是许渊冲的译本,后来看了张道真的译本,手头上李健吾的译本还没看完。我更想化用哈罗德·布鲁姆的话,福楼拜用非功利的方式把书中人与事的尴尬处境精确地裸呈毕现。我们又谈到福楼拜的作者隐退和非个性化写作,以及隐含作者。还谈了足球。我说很欣赏罗纳尔多在场上的做派,他就像功利足球秩序中的浪荡子,让球来找他。

间性的主体与《野草莓》

依照拉康的说法，主体不是铁板一块，而是分裂着的。我早先是在课堂上分析《野草莓》时，开始意识到主体的多重性。伯格曼拍摄《野草莓》时，最初的动机是想从他父母的视角来透视家庭关系，试图借此来化解他与其父母间不可挽回的人际冲突。然而，影片中扮演博格的修斯卓姆却抗拒了伯格曼的控制，整合了伯格曼的父亲与伯格曼自己的两重身份。这使得伯格曼的意图被扭曲了；最后，伯格曼甚至认为《野草莓》是修斯卓姆的电影。

因而，《野草莓》并没有如实刻写伯格曼的家庭关系，而是在他与修斯卓姆的相互争执中重新建构了。正因为修斯卓姆同时扮演的双重身份使得小博格在片中的主体位置被架空了。这便使我对寻找伯格曼在影片中的替身（Stand-in）产生了兴趣。于是，我在影片中找到两个场景：林间空地和影片的结尾。一些颇感情用事的（sentimental）的学生认为，影片的结尾是最具亮色的，而那却是个谎言。在林间空地，考官引领博格来到一架烧焦的梯子前：博格目光焦虑，迷离地观望着他妻子在远处的偷情。博格妻子的笑声有些虚无，从一个追逐她的粗壮男子前，随着躯体一起一落，空荡荡地在林间扩散。这和《去年在马里昂巴德》中 A 在跳舞大厅中的笑如出一辙。随后，伯格曼把镜头推到景深——偷情现场的另一边，摇过来对准博格和他身边的梯子。这时，修斯卓姆扮演的是伯格曼的父亲，伯格曼专制地操控着镜头分别从自己和博格妻子的两重视角结构了博格与烧焦梯子间的关系。梯子的整体烧焦隐喻了博格一生奋斗价值的消解；而博格妻子对博格的背叛使伯格曼视角下的博格与烧焦梯子间的关系显得更加坚固了。

影片最后，博格在萨拉的引领下找到了他的父母，他们也正在向他招手。这时，博格就是伯格曼在影片中的替身。这个伯格曼的替身渴望与其父母和解，他如愿以偿了。但是，伯格曼忽略了他与其影片中的替身之间的主体间性。对这个间性距离的消解，使得《野草莓》成了一部浪漫主义影片，是在重构实情的虚空上炸裂的烟花。也正因为如此，伯格曼与其父母间的人际困境被延长到《秋天奏鸣曲》，当个中关系按照如其所是的样子被认知以后，伯格曼做到了中立地平衡自我与其替身及其父母之间的对等关系。直到那时，他才获得解放。

我忽然想到张爱玲《倾城之恋》中白流苏的一句独白，大意是这样的：我们祈求的母亲和现实中的母亲是两个人。

印象与《色｜戒》

周末看了李安导演的电影《色｜戒》，想说几句，但一直找不到合适的角度。看见网上有很多评论：有人说，李安的电影要比张爱玲的小说好，这种文青论断恐怕只能用邝裕民那样的热血来做论据了。有人则说到对片中死亡的恐惧和感伤，但这不是在谈电影，而是在谈自我如何被电影戏剧化的后果，再把它和自己的喜怒哀乐连起来。大约这种观众是李安喜欢的，因为李安要让看过《色｜戒》的人喜欢上王佳芝和张爱玲。还有人说，王佳芝的特工活动是将生活当作戏剧来演出。我起初也想用"假作真时真亦假"的戏剧与生活的相互作用来解释王佳芝的性格转变。这种谈，我现在已经感受不到有什么意义，不过徒增很多噪声罢了。

有一种思维方式是：Say what you want to say, then say why。李安的《色｜戒》就是用这样直硬的思维方式来解读张爱玲的小说，忽略了人们往往由于暂时的情绪而做出最后的决定。李安把张爱玲小说中的人物按照他能够理解的逻辑重新塑造了一遍。在小说中，张爱玲敞开了人物的神秘，是她能够通过知觉获取印象的与不能通过知觉获取印象的混合。到李安那里，借助叙述和场景重建，人物的秘密通通被曝露于日光之下。影片的开头，天光没有了，高光打得不够明亮，又合着窗帘，使得空间显得又宽阔又晦暗；王佳芝的肖像、服饰、桌面、太太们的钻戒，以及黑斗篷均没有在视觉上强烈地突显出来，借助灯光而显现的强烈视觉印象被完全湮灭了。关于屏风布料的质感，更是被湮灭在昏暗的光线里。

传达感受，摄影机当然弱于作为叙述主体的人，较于心目（mind's eye）的通透清明，摄影机呈现的视像也显得平板。再现听觉印象应该是电影的长处，可在处理打麻将的场景时，李安又太媚从张爱玲的叙述顺序了。他完全可以让易先生作为叙述者由主观镜头进入牌局的显示，这样，声音的空间就构建得层次分明了。

掌声阴影里的《三峡好人》

《三峡好人》的片名，使得很多影评人立刻想到布莱希特的《四川好人》，但其中到底有什么关联，谁也不说。这不禁让我疑窦暗生：这一比附就像奥斯汀笔下小女人的成功，是有面子地傍上大款。《三峡好人》起了个非常艺术的英文名，叫《静物》(*Still Life*)。布莱希特是断不能这样干的，要非常思想地将人物像静物一样结构成去时间化的秩序，也只有把自己臆想成专制的暴君才做得出来。《三峡好人》捧得威尼斯金狮，片子又取材普通人的生活，并以纪实风格著称，这一切似乎就是为了通联意大利新现实主义电影。无论如何，借助意大利新现实主义电影传统观察《三峡好人》，或者将它们一较高下，显然，更能清晰地确定这部影片的位置。

《收获》2006年的第2期登载了贾樟柯的访谈。在访谈中，贾樟柯提到意大利新现实主义电影《偷自行车的人》。他讲该片的纪实注重人物与环境的有机关联。不过，这种有机只是针对主人公而言的，受到主人公主观视点与主观听点的限定，而德西卡在片中并非通通运用主观镜头，所以，片中仍有很多构成要素超出主人公的知觉控制，具有疏隔主人公的独立的内在必然性。从这一点来看，《三峡好人》中各个要素显然被贾樟柯借助主人公的知觉更加强烈地控制了。稍通一下当时的江湖世故，小马哥那种浪漫江湖秀早已让位给漫画古惑仔秀，用它来纪实2006年的江湖，就像张爱玲笔下白公馆荒腔走板的歌唱，已然跟不上生命的胡琴。贾樟柯的表弟韩三明眼神迟钝，但生命力异常坚韧，据说，有种静物样的尊严，所以，能把一张麻幺妹写下的地址条坚韧地保留16年，仿佛《老人与海》中大写的渔夫圣地亚哥，长相也差不多，都能让人联想到罗中立的"父亲"。翟永明在片中竟然成了财大气粗却身形消瘦的厦门女企业家，手下包养很多小弟，这是强迫熵减的形象匹配熵增的生活。

硬伤：韩三明的女儿16岁了，她的小学毕业照显示她是2001级的，如果奉节的小学是五年制，她正好2006年毕业，而片中的标示牌提示，2006年5月，水位将淹没标示牌所在地，这说明该片的时间背景是在2006年5月之前；更奇怪的是，麻幺妹跟韩三明说他们的女儿去南方的东莞打工好几年了。

除了纪实的几处粗疏，也有霸道的神来之笔，如沈红眼中的不明飞行物、三峡纪念建筑物的火箭发射，它们与主人公当时的意识状态是有机关联的。用彩铃搭建人物关系也用得不错。一个被干掉后埋在砖堆里的斌哥的小弟，短促的一生仿佛是活在符号的相似性里，还颇有点堂吉诃德的意味了，但是，何建军在《蔓延》里已经用过了。尤其是沈红眼中的不明飞行物也掠进韩三明的视野，这个神秘的闯入者把沈红的故事和韩三明的故事关联起来很能体现贾樟柯结构文本的能力。

不管怎样，《三峡好人》是很有结构的作品，蕴含着"被形塑的能量"。

草地上的午餐与景深镜头

在一个 BBS 上，偶然见到野草莓老师评介伊芙·塞吉维克（Eve Kosofsky Sedgwick）关于性别理论的专著《男人之间：英国文学与男性同性社会性欲望》(*Between Men: English Literature and Male Homosocial Desire*)时，提到马奈的名画《草地上的午餐》。野草莓聚焦塞吉维克的专著对这幅画做了女性主义解读。让我感到意外的是她竟然非常聪明地把这幅画景深中的妇人视角隐约地比成塞吉维克的写作立场。我刚读到这里时，脑海里划过一道乔伊斯所界定的显形样的亮光，随即意识又跳接到基耶斯洛夫斯基的影片《十诫》。

在《十诫》中，总有一个沉默的年轻人从影片的景深处走出来，目光忧郁地瞥视片中的主人公。这一情形在《十诫》的每个短片中都重复两次。但他走向哪里？我想他走向的是基耶斯洛夫斯基，就像《追忆似水年华》中的马赛尔最后走向了普鲁斯特，也就是说片中沉默的年轻人与片中主人公及基耶斯洛夫斯基之间的结构是一个整体。但马奈的那幅画究竟有着怎样的结构呢？前景中的两个绅士和裸女与景深中的妇人恰好暗合了古典的三角形构图格局。当初，这幅画引起的争议基本与它的形式因素无关。塞吉维克那部专著的封面抹去了景深中的妇女，并把那两个绅士和那个裸女当作在价值身份上是相互对抗的主体来解读，这显然是主题先行的。那个景深中的妇女才是解读的关键所在，且她并不是裸露的，而是穿着日常的连衣裙。把她放在三角形构图的顶点，马奈的用意何在呢？当初，有人质问马奈：为什么非要在两个绅士前画一个裸女？他回说，这样不好吗？所以在我看来，马奈本人并不觉得这样处理题材有什么不合情理的地方；他显然已经把画中的内容看作一种常态的生活，所以，他才会用古典的三角形构图方式，在景深中妇女常态视角注视下和谐地图画了本不合世俗礼仪的三个人物形象。换句话说，整幅画的内容就是马奈艺术观念化的生活的对应物。这幅画引起的争议也是马奈作为艺术家与既定世俗意识形态间的冲突。连艺术品都不能被当作独立的存在物来看待，那对于现实中的物事人情就更不能如其所是地直观了。主体大多是在意识形态的监护下形成认知判断的，反讽的特质恐怕只存在艺术家的观念里。

　　塞吉维克那部专著的封面把景深中的妇女形象抹去了，这样前景的构图似乎充满了张力，但一考虑它与马奈的透视关系，这种紧张关系就会消解。从性别视角来阐述这幅画除了在女性主义那里得到政治正确的认同，不会有其他正确的结果。此刻，我突然想到了景深镜头。如果那个景深中的妇女换成像《阳光灿烂的日子》中胡同里卖冰棍的老太婆一样的形象，以哂笑的方式瞥视前景中的两男一女，戏剧性张力就在画中呈现了。只是冲突的因由不是性别，而是艺术化的生活与意识形态化的生活。

节奏与艺术

依据贡布里希的介绍，拉斐尔在创作《草地上的圣母》时，画了一些速写稿。在速写稿中，拉斐尔为圣母的头部画了几个不同的姿势，为了和圣婴的活动相呼应。后来，拉斐尔在图中加了小约翰，让圣婴的脸转向外侧，随后，又给圣婴画了几种不同的姿势。从速写稿的变化中，贡布里希看出拉斐尔当时的焦躁，最后的平静呈现在定稿中，整个画中的形象如其所愿地各得其所。

贡布里希说，这是拉斐尔努力追求惬当的平衡所致。但追求这种平衡的内在依据是什么？是什么促使他一定要找到这种平衡？拉斐尔因为什么内在的原因而焦躁？从乔伊斯的视角来看，是因为节奏不对，节奏是审美关系的形式基础，审美整体中的局部与局部之间，审美整体与它的局部或与它的各部分之间，属于审美整体的任一局部与审美整体之间的首要形式审美关系就是节奏。

在我看来，节奏是与肉体格律相通的，节奏的确立意味着艺术家为艺术对象灌注了生气，所以，艺术的意义正在于促成艺术构成要素相互肌理化的空气感。

伯格曼、意识流、木心

凡伯格曼以家庭生活为题材的影片都是好作品。在看完1945年的《危机》和1948年的《港口的呼唤》(*另译《停靠港》*)后,我打开了伯格曼1948年导演的《三个陌生的情人》。这部影片在叙述上较前两部复杂,引入了意识流。

这让我想起陈丹青在博客上转载的评论木心的文字。大体的说法是:木心的散文和诗歌的价值比小说高;木心的现代汉语写作汇通古典传统,为现代汉语提供了别具一格的文体;有一则评论甚至认为木心的散文写作用了意识流手法,还说这是很突出的创造性,因为意识流通常只用于小说的创作。

意识流手法,我是很熟悉的,英美的意识流小说中的任何意识流段落都可以叫作散文。在这些信息的影响下,我开始在网上搜索木心的文章。中文网上没有搜到一篇完整的木心的文章,倒是搜到一篇名为《哥伦比亚的倒影》的文章的片段。这些片段里的文句简约,给出的信息非常致密,基调里蕴藉着遗民一样的忧郁。以前,我在书店也曾留意到以《哥伦比亚的倒影》为题的木心散文集。我当时站在书架前翻阅过这篇文章，以及《上海赋》和《论美貌》的开头几句，并没有被打动到要买下来。后来，还在学院资料室见过《哥伦比亚的倒影》，也没有要借阅的冲动。甚至，我还在某论坛针对木心打趣地讽刺过陈丹青。这一次看时，心里突然有些慌。文章的内容实在太繁复了，中外古今的信息块像剪报一样共时地铺排在一起。自己几乎感到无法把握这篇散文，它立刻成了立在眼前的重负，我不能立刻找到一个合适的位置来形式地观照它，并从它带给我的压力中解放出来。随后，继续搜索木心的文章。这一回搜到的是《上海赋》的第二部分，内容依旧乱花碎玉般地铺排。可这一读却破解了文中的意识流写法。木心作文的手法绝非正统的意识流文体，文句的自由转换没有相近的字形和字义来嵌合，文中也没有一以贯之的意识中心在结构上起承转合，偶见的感官印象向内心独白的转换，在说明性文字的映衬下显得支离破碎。总体看来，这样的写作是时间被压平后，对叙述和说明的信息块的呈现。

再看木心的语言。木心念过私塾，有一定的古文功底。也因此，如果要看木心的文章，不应该看译文，肯定要看他直接用中文创造的作品。木心的语言和胡兰成的语言有相似的地方，文中多为简约的短句。尤其是他的《上海赋》，用了很多俚井语言，但结构这些语言的节奏，依旧凝重，远没有胡兰成和张爱玲的文句那样舒张。不过，无论怎样，好的语言总要引领活的经验，不能覆盖指称对象自身的面貌。而木心的文句却像一层层色彩绚烂的裹尸布覆盖在经验上面，从古典文化中提炼文句，错位地回复到经验中来，造成经验的凌汛。这让我联想到伯格曼和普鲁斯特：伯格曼动用的一切形式都是使生活更像生活一样展现在观众面前；意识流小说大师普鲁斯特说，只有他的小说写得更像生活时，才更加艺术。

空气感与文体

文体家胡兰成曾用"空气不流通"评说他眼中拙劣的写作。他的这种评说也许参照了前人的一句诗论,即所谓的"近通近塞,迷闷不得决"。的确,中国古人的行文多讲求通气,最有名的大约当属曹丕的"文以气为主"和韩愈的"气盛宜言了"。连时下的西学名人刘小枫也要赶这个场,说他什么时期以前的文章气不通云云。可这气到底是什么,说来说去,最终,总不能拎清它的真面目,要么干脆懒惰得来个难以言喻,要么就让它不落言筌了。

我以前念朱光潜先生翻译的黑格尔的《美学》时,对朱先生译文中的"生气灌注"一词印象深刻。黑格尔在文中断言"理念的感性显现"就是美,即观念被灌注了生气。我还记得当时读这部著作时的形景。那是某年冬天的晚上,我正在感冒,阅读前,先服了两粒咳喘感冒片。北方的冬天总是"干冷",屋里的暖气也总显得病恹恹地不够温热。为了增加温度,我就给电炉子通上了电,倚靠在它近前的椅子里,读黑格尔的《美学》。盘旋的嵌在磁圆盘的圆槽里的电阻丝一会儿就被烧得红红的,萦绕着泛出沉实的红光，也将我的脸烤得暖烘烘的。是这烤出来的热，还是那两颗含有吗啡的药片的作用，让我阅读时的意识像平缓涌流的气体，和那个文本相应相谐、无碍无遮，文本仿佛失去了自身的实在性，和我当时的意识一道成了活的经验涌流进当下的印象中。这就是空气感吗？胡兰成所暗示的空气流通到底该是怎样的？

有一年，我在一部分上下两大册出版的中国电影论集中，偶然见到费穆的一篇写电影的随笔。在文中，他强调组接镜头的蒙太奇要有空气感。这让我联想到看他的《小城之春》时的情形：平常而又让人心怀指望的事件模糊地预示着要有什么重大事件发生的势头，而看到的事件却与那势头相背；虽然感到泄气，可一经回味，它们却像诗句中不可或缺的韵脚，只有那样才显得各适其所。法国导演罗伯特·布列松也有类似的说法。在访谈中，说到《扒手》时，他讲道：与其说我要讲一个故事，不如说我要让人们感受到围簇那个男主角的气氛；正是那种独特的气氛让人们感到焦虑和无所适从。

记得2005年去杭州，在青芝坞，跟江弱水老师喝酒时谈起了汪曾祺，江老师说，汪曾祺的语言天赋超过了他的老师沈从文。沈从文在写作之始的长时间里文体意识不强，到了《边城》就好了。他的文字开始也欧化，不很通，后来硬是磨出了文学大师的模样。我随后说，你几乎无法在行文方式上区分沈从文的散文和小说。此刻，我的意识竟然回到了自己当初阅读《受戒》时的现场，感受中的文本肌理仿佛流溢着氤氲的气氛，托扶着作为构架的事件，这情形大约就是对汪曾祺所诉求的氛围式写作溅出的回响吧！

如今，汉语中的"空气感"一词，早有了别的用途。在美发语境，空气感意即空气在发间流动，这种造型从外表看有三种感觉：轻量感、立体感与动感。乱乱的发型，像被风吹拂的样子……一个完整的空气感造型要经过剪、染、烫几个过程，在剪的时候要做发量调节，而烫发是为造型打底，也是型的表现方式。这过程真复杂，但推知视觉形象，大约就是《小团圆》里的婀坠，将"两鬓高吊，梳得虚笼笼的"；而张爱玲用这个"虚笼笼"一定是拿婀坠来互文《金瓶梅》里的宋惠莲。

孤独的生活

我刚来西安时,住宿的地方还没落实,被临时安置在新校区的教师休息室里。我住的房间有两张床,一张床就用来放行李和书。晚上休息的时候,我竟然不点蚊香,白炽的电灯通夜亮着,醒来一次,看看墙壁是光白的,再醒来一次,也是光白的。白昼样的房间,室内不见有蚊虫,只听见它们在窗外嗡嗡嗡地叫着。早晨起来,总会摸索到一两个痒处,抓挠两下,皮肤上的包就膨胀得分明了。

现在想起来,这样的生活仿佛在心底或远处浮动的暗影,于我已经是一种惊异和悲哀。我很嫌恶"寂寞"这个词,以为男人的世界就应该是积极、喧闹的,像"寂寞怀高趣"一类的文句总和男人无缘,但用来形容我这四年来的夜晚生活,没有比它更显得确切的词了。到深夜的时候,我通常停止了阅读英文,打开网上鲁迅全集中的文章低声诵读。突然在哪一天,我感到鲁迅的句子显得有些像小资一样阴柔。我还和杭州的诗人白马就这样说过鲁迅的句子。白马说他早就有这样的感觉。他举了几个西方现代派诗人，有兰波、保尔·瓦雷里，说鲁迅的句子和他们的句子比起来，要阴柔得多。我终于有一天午夜不再阅读鲁迅的文章。

前两年，鲁迅的同乡LUX先生在网上很活跃，几乎每天都贴出长文来。我就在午夜跟踪阅读LUX新写的文章。这种阅读使我的午夜重新获得了秩序。离开杭州前，LUX先生说乔伊斯就是我的隐秘情人，能够研究乔伊斯在哪里都能找到体面的位置。我确实一直在研读乔伊斯的文本，光《都柏林人》就读了20多遍。因为细读《尤利西斯》，我观看文学的位置已经改变，或更加明确了，真切地体验了文体的繁复与肌理的丰盛。从《尤利西斯》出来，再读鲁迅的文章，句子虽然薄而坚硬，但已然削弱了丰厚的质感。就是从《起死》和《出关》，我还能感受到浓重的力量。现在这样讲，恐怕也只是在指认回忆中的实情。LUX先生的文章，是没法诵读的，阅读起来就是单纯的视觉运动。他文章中的调式更加轻飘，但内容多调配和引述理论话语，偶尔间入精妙的譬喻，使得因为启思的效用而可以抵偿句式节奏上的浮薄。

如今，在夏天的午夜，我早已习惯用电蚊香，台灯是牛奶迷蒙的色调，停止阅读后，就在黑暗中睡到天明，偶尔会整夜循环播放一张CD，多是鲁宾斯坦演奏的肖邦的《夜曲》，听几遍醒来，天还未明，就睡着再听几遍。

人去楼空

陷入梦境的时间，可以推断是今天的早晨，因为我从那个荒芜的处境中醒来时已经是上午的8点30分了，而梦里的内容在醒来的一刻是最清晰、最完整的，显然是直接过渡到醒来的意识。

气氛是阴暗肃穆的。我在楼上拣选自己的书籍，心里盘算该带哪些书走。当时，我好像正在和以前浙大的同学千帆讨论像是两个日本作家的什么作品。在梦境中，书名是清晰的，此时，我想要追忆个究竟来，它们却模糊了。千帆的谈论让我对那两个作家产生了兴趣，意识里也即刻涌现了要带走哪些书的鲜活意象，其中，就有那两个日本作家的作品。千帆谈到的作品，像是就放在楼下的书柜里，两册，书名是竖排的。梦中的场景随即切换到楼下一个房间。中间也许隔着我下楼梯时的情形，但它已经和电影中的过场戏一样，在我的追忆中恍惚得了无声迹了。

楼下的房间里有两个书柜：一个放在地板上，一个放在右侧一件家具的上方。究竟是什么家具？大约是长方形的实体，看上去黑蒙蒙的，有些空虚。我先打开上面的书柜，原初的兴奋一下子冷却下来。柜里边，自己的书只是零星的几本，里面混杂一些不知道是谁的武侠一类的书。打开下面的书柜时，千帆说到的日本作家的书就平放在柜门的旁边，还有几本古籍。我在心里即刻掀起了一个关于阅读的愿景。我大约是想把这几本书都带走的，而剩下的还有些舍不得，只是和那愿景无关，就都要留下来。我想一定要让母亲给好好照看这些留下的书。于是，就向门外大声喊：妈！没人应，就更大声喊：妈！没人应。我只听见门外有人在忙碌时发出的响动。我断定是母亲在门外，又生气地喊了一声：妈！还是没人应。

我的急切和母亲的冷漠让我气哄哄地奔到门前。推开门后，我喊的母亲切换成一个留短发的高挑的年轻女人。我不知她是谁，却认定她就是后母。一张小饼子脸，说话时，露出上排不太齐整的牙齿。我喊母亲，以为她在门外，我开门去找她，母亲的形象不见了，眼前出现的是陌生而熟悉的后母形象。她也在忙着搬东西。哥哥在旁边默不作声地帮着忙乎。我虽然知道那个帮忙的就是哥哥，对他却故意视而不见。他只在我眼睛的余光里，仿佛也是一堆黑蒙蒙的空虚。看情形，后母是要和哥哥搬到别处去了。她的脸有些抽搐，像是充满了委屈和痛苦。她向我说,现在全城的人见到她表情都很暧昧,实在受不了了。我说,什么暧昧呀!全鹤岗市的人都知道是怎么回事。我又顿了顿说,你也不要责怪父亲这么冷酷地对待你了,你要坚强些,要好好为自己活着。

九月一日

现在已经是2007年9月1日的凌晨,明天要买火车票去北京读博士了。要寄存的书、DVD影碟和古典音乐CD,共九箱,明天下午也该运到紫薇田园小马哥的住处寄存了。我要带走100种英文资料和10本左右的中文书,其中有江弱水老师的专著和张爱玲的两本书;要带走的CD有80多张的巴赫和几十张的莫扎特与德彪西;要带走的DVD是47张的伯格曼,还有费里尼、安东尼奥尼、戈达尔和奥里维拉的一些。

昨天晚饭前,院里开了全院大会。随后,几个同事一起去桃李园吃饭,说是为我送行。午夜前,心里突然忧伤起来,找不到任何理由,大约是临别前才感到自己客居他乡的空虚吧。于是,就看不下书了,打开电视,找不到一个节目可以让自己安下心来。

来西安前,和同学讲,自己去西安工作是也无风雨也无晴,看情形,大抵是这样的。我心里到底有没有愿景呢?倒希望寒假前,自己最忧心的状况能有明显的改观。我以前写过关于家乡的现实生活,因为自己常年缺席，已然成了那里的幽灵，而在此刻，我竟感到还生活在我周围的人，同事、同学、别处的同学，以及家乡的亲人，却成了真正的幽灵。他们没有重量，仿佛远处轻飘的暗影，在我的意识里灰暗地沉默着。我想到了乔伊斯的《死者》。以前，和江弱水老师讨论过《死者》的结尾，就是加百列关于雪的内心独白。他说我到他的年纪也许就会切实地感受到，还说他有时晚上刚睡下时，幽灵一个个就在他脑海里飘过。

风和白杨树

这一阵子,北京的风很大,躺在床上能听见风在窗外摇曳物件的哗啦哗啦声;风也在几栋宿舍楼围成的窗外天井里斡旋,呜呜地吼着。前几天,我在听鲍罗丁四重奏组演奏的拉威尔的弦乐四重奏。听到的乐曲和窗外的风声唤起自己对童年的回忆。我12岁之前是在乡下度过的。到深秋了,家家户户起初都要用纸条涂上糨子糊窗户缝。家乡的冬天,刮的多是西北风,但总会旋起雪霰敲击在窗玻璃上。风断续地掠过窗玻璃,呜呜——啼哒。

后来,村里都用双层的塑料把窗户整体包起来。风吹得塑料呼啦贴在窗玻璃上,又呼啦一声鼓鼓地绷起来。当年,我对这些还不经意,现在想起来,心里充满温热的悲怆和苍凉。童年那样清寒的生活于我的内心是多么亲近,没有任何距离,整个的心灵就是被那样塑造的,包括家乡的白杨树。我进城以后,走南闯北见过很多树,但和它们总在心里隔膜着什么,是脑子理解到的,远没有白杨树那样贴心。

母亲死掉了。母亲就是我童年清寒的生活,就是那白杨树，和我在情感上没有任何距离；她随着我的童年一起死掉了，但那死掉的里面有最本真的我。就守住清寒、简单算了，我不可能去追求浮华的生活，就这样趁着还没有堕落，干干净净地活下去算了。

我得找时间回自己真正的家乡看看。

登州府

晚饭后，去滕芳家的书店买《历史学家的三堂小说课》。两天前，我在图书馆借到了这本书，下午，读了其中写福楼拜的十页。刘森尧的译文很平实，只是个别译名有些生涩。一查，原来刘森尧毕业于台湾东海大学外文系，后在爱尔兰大学获爱尔兰文学硕士。文中，盖伊给福楼拜下的很多判断，我都很认同，尤其赞佩他说福楼拜是浪漫主义的化石。当时，我联想到塞万提斯，也可以把塞万提斯说成是骑士文学的化石。

一进书店，就见到一位同事正在书架前翻书。招呼过后，他说我应该买下这几本书，正好上课用得着，是江苏教育出版社出版的《阿克瑟尔的城堡》《新批评》和《诚与真》。我先从架上抽出《新批评》，边翻书边问老板有没有《历史学家的三堂小说课》，北大出版社出的。她说没有，但可以帮我预订。我买了同事推荐的这三本书。

本来打算晚上要好好阅读一番，但突然焦虑起来，换了三本书，打开一篇 PDF 版本的论文，都读不进去，头也沉，磨蹭到快九点了，还没有状态。无聊中，打开中央八台,在播《关东金王》。心不在焉地看了一会儿,但看到其中的一个场景时,突然感到揪心。剧里的老当家的听自己的老伙计说要落叶归根,回吉林老家养老,见留不住人,老当家的就说自己的祖上从登州府流落过来,流落到哪儿,就埋到哪儿,连个根也没有。

嗨!我的祖上也是从登州府过关东的,太祖父和三个祖父都各葬一方了。现如今,他们的坟在哪里我都不知道。书越是读,风俗礼仪越是不放在心上了,连逢年节烧纸祭奠的事,要是没有人陪着竟然觉得丢脸。他们这些普通人,有的做过地主,有的做过长工,一个做长工的又娶了地主的女儿,后来,他们又有的做农民,有的做工人,后又都死掉了。此刻,也许一直以来,我的内心都和他们隔得很远,好像他们从来都只是个传说。

余裕的精力

　　顾随讲，读书或创作需要余裕的精力。这个判断是真切的，但用于我现下的处境，却要做些补饰。我现在的主要工作就是读书，为这一件事，我的精力总可以是余裕的。虽然如此，还是需要滤析经验的算计。

　　电影《时时刻刻》(*The Hours*)中有一个细节：伦纳德责怪伍尔夫不吃早餐，伍尔夫回说，吃早餐就不能工作了，为了工作，她就喝一杯加牛奶的咖啡。这一点，伍尔夫和海明威是相似的。海明威二十多岁在巴黎的时候，早晨经常不吃早餐就带着铅笔、卷笔刀和笔记本到咖啡馆去，一边喝咖啡一边写作。为了精力更加余裕一些，他有时还要一杯朗姆酒。

　　我早晨也经常不吃早餐。夏天的时候熬夜，快到中午才起床，收拾一下，就可以吃午饭了。雪峰从哈尔滨打电话过来说，不吃早餐容易得胆结石。我说，我睡觉时都快早晨了，我的早晨已经是你的中午了。雪峰还说，晚饭要少吃。我说，吃少了怎么熬夜？我又不吃夜宵。

　　又开始做学生后，作息的时间也必须跟室友一样规范。起床提前到7点半，晚休提前到1点半。早晨起来，若吃早餐，上午的一半时间就要混沌掉了。这些天的早晨，我起床后的第一件大事就是读英文书，等10点半以后再洗漱。此前，先抿一点蜂蜜，再提上放好普洱茶叶的水杯去水房灌一满杯约1200毫升的开水。然后，再抿一点蜂蜜，就一边喝茶一边开始读书。到10点的时候，也是实在饿的时候，喝半杯酸奶。在茶中兴奋起来的意识不会受到影响，酸奶也可以帮助减少午餐的食欲，从而使体重也得到了控制。

下午的阅读是随意的，主要的任务是完成一个小时的听力和跟读训练，其余时间就是抓一些中文书来看。我现在读中文主要是为了文体鉴赏和遣兴了。晚饭后，冲泡1200毫升的吴裕泰花茶。一边喝茶，一边在网上找些电影看，尤其是张彻和胡金铨的电影。一部不低俗也不需要动脑筋的影片看下来，我的意识又在喝茶过程中兴奋起来，于是就开始了夜晚的阅读。

我在对蜂蜜、酸奶和茶的体验中滤析出一天余裕的精力，我用它来阅读，我的阅读是愉悦的。蜂蜜、酸奶让我中气丰沛，思路通透；茶让我的意识清晰，肉体也似乎因为它而显得澄明了。

北京的大风

某年冬天,因为在西安待得苦闷,我便去北京游荡。一说到苦闷,忽然想到孙周兴老师讽刺过"五四"的文人,说他们普遍苦闷。孙老师的原话也许不是这样的,但不要紧,此时,他只是我的叙述者,而我用的是查尔斯舅舅原则。

其实,记忆也只是可以被刷新的叙述。尽管我和"五四"没有共生的关联,却因为苦闷被煮于一锅讽刺了。等我用到它来描述情绪时,心里有些不敢坦荡了,一犹豫,竟然猥琐起来,再一犹豫,我又下定决心用这个词,索性就苦闷地猥琐一回,况且,我当时真的看不到出路。

在我游荡北京遇见 M 博士的当口儿,北京正在刮大风。M 博士对大风的感受用其家乡话来说不美气得很,似乎暴露了《麦田里的守望者》中叙述的假模假式。我却说,北京的大风太好了,够劲儿,把人整个都刮得个通透,干干净净。在说出"干净"这个词时,我的猥琐因为苦闷的内心便显得更加确切无疑了。

北京的大风,清硬、冷峻、宽阔得就像铁板在我的胸前拍过去,我还能站立得住。随后,小我忽然明亮了,延展着、擢升着,狂喜夺占了内心的苦闷,我仿佛正在体验崇高。

第二年,我就去北京师从易晓明老师攻读比较文学博士了。

博士论文的焦虑

苏童讲，人际关系不好处理就可以不处理。可以搁置旧的、困难的人际关系，但生活的现实总会把你卷入新的人际关系里去，你平素越是孤独，越是享受孤独生活时的秩序，在人际交往之后，就越容易破坏内心的平静。晚上在同乡李亦辉的宿舍，他们在喝酒，我捧着茶杯在一旁，一边听各派花旦的唱腔，一边和他们聊天。在聊花旦的时候，我完全是个听众，于占杰讲到各派花旦擅长塑造的人物类型：程派的凄恻，荀派的天真活泼，尚派的刚烈。他一边讲，一边在电脑里调出相关的唱段。我最喜欢听张派花旦唱腔中的持重含蓄。占杰讲，张派花旦擅长塑造大家闺秀。

一会儿，又一个同学加入他们，我把自己还没喝的酒让给他，推说头痛，不能喝酒，李亦辉带来的哈尔滨红肠，我知道里面有大蒜，也没吃，只在一旁喝茶。闲聊到博士论文选题和开题报告，突然忧心自己博士论文的写作了。虽然要研究的对象早就确定了，相关的阅读也持续了几年，但究竟怎么操作，仍然模糊一团。最近，一想到未来,脑子会浮现一层灰暗的空虚,那里面有些肃穆和清冷的色调让我想到童年的生活。

　　前几年,还总想着要轰轰烈烈地活一回;现在,什么名啊,利啊,生活的丰富啊,根本无足轻重了,越简约越好。我想我的自我中心已经开始溃散了。多年前,我就想以"自我中心的建构与解构"为论题来阐述乔伊斯的文本,一直也没展开相关的阅读,不妨先做一篇论文,也许可以把艺术家形象作为论述焦点来结构自己的博士论文。很多人附会乔伊斯界定的显形为顿悟,指什么瞬间的精神转变,却忽略了它与艺术家的关系,它在文本中的出现使它的经验主体成为自己故事的叙述者,这个经验向一个独立的文本生成,情形就像文本的套层。

老无所依

往常时候，看到各式各样的车贴着路沿儿一字长蛇排过去，我的目光总是游掠着车的颜色，打量车型，辨别车尾的外文标识。因为看了《老无所依》，再和这些车照面时，我的眼光变了，开始搜寻车门锁的位置。见到裸露的圆形钥匙孔，想象已经把片中哈维尔·巴登的手提压力传感器的喷嘴妥帖地对上去。于是，在心耳（mind's ears）里便砰的一声，而心目（mind's eyes）见到锁芯迅速、冷硬地在另一侧车门的内侧撞一个圆坑。

《老无所依》的另一个影响是我突然想给父亲打个电话。儿时，父亲在饭桌上对我和母亲说过要把谁谁的胰子摘（音 zai，二声）出来。摘人的胰子大约是最凶悍的行为。我记得，那光景的农村，有的村民杀了猪要取出胰子，除掉血和脂肪，添上什么配伍，捣碎了，抟成椭圆体可以做香皂用。除了揍我，我从没亲见父亲有过什么凶悍的行为，倒听过别人说父亲揍过个人高马大、外号叫"柳公猪"的几拳，因为他当时正把我的小叔骑在身下打得嗷嗷叫。父亲自己好像说过，"柳公猪"那天晚上躲在奶奶家的院子里用扁担的铁钩在他脑门上轮了一个口子，他鲜血淋漓地追了"柳公猪"一里多远。追到村西大坝的水闸，他迷糊了，就晃悠到乡上他的一个大夫朋友那里包扎了。我后来在河里洗澡，耳朵里进水，耳腮肿胀成一个小拳头，也是那位大夫给调配的药油。

全家迁居城里以后，父亲对我连一手指头都不碰了。现在，我用来思维的语言和父亲的小市民语言有了鸿沟；我可以跨越它，父亲却永远留在了对岸。倘若他还敢跟我动粗，我会戏谑地模仿《小城畸人》中珀西瓦尔医生的哥哥那样对他吼：Don't touch me! Don't you dare touch me? 即使真发生这一景，那吼叫背后的意图也无法把父亲带过那道裂开的空虚。父亲渐渐地老了。他倒不像片中的李琼斯，没有大正义需要担当，在小市民的世界中一如既往地生存着。这在他眼里，也许很平常，因为他就是其中的一员。

王太太与于太太

因为朱大可老师的博客日志很久没有更新,我突发奇想地要了解他的网络社交。根据朱老师博客页面左下方的"最近更新的 BLOG 列表",我被一个链接在里面的网址,ID 为"自由主妇"的博客吸引了。该博客主人曾经是一家外企的高薪白领,因结婚而辞掉工作,为排遣家庭生活的单调,就通过书写私人博客,来记录琐屑的日常生活。

从朱大可和自由主妇两人博客的友情链接栏和评论网友的 ID 来看,他们不是网友。但我竟然在自由主妇的博客里流连忘返。在粗略地阅读自由主妇写下的杂感和附在下面的网友评论时,一个网友引起了我的注意。她在评论自由主妇写下的短文时,语气谦谨、平和,连打错了字,都要再附一条评论表示歉意。我最初看得不太真切,以为是王太太,心里一阵温热,随即想到王太太可能是一部小说里的人物。但我完全忘记了究竟是哪部小说,是张爱玲的?是王安忆的?也许出自哪部影片?对这个网友的印象,就这样覆盖在一个我曾经阅读过的人物的身上，只是，我对她的记忆已经恍惚了。而此刻，尽管隔着这种知的不真切，但这个ID确已经在我的情感里灼上了温热而且实在的分量。

晚些时候，我想通过朱大可的博客找到自由主妇的博客网址，但那个链接栏已经被更新了。我于是就在新浪博客里搜索，找到后点开，发现自己印象中的"王太太"，原来是"于太太"。对于别人，这也许并没有什么不同，但在我，于太太这个ID却显得格外生疏，先前被引发的情感中的温热于此也顷刻间有了很远的隔膜。

注：这篇小文就是我以前说的向清白的主体还原。其实，每个人都不是孤独的个体，每个人的肉体都是被文化建构起来的，哪怕是感受也是被打造过的，所以，只要精确刻写个体活的经验就是对个体生存其中的整体文化语境的隐喻。譬如，"王太太"这个词，已经成了它关涉的文本嵌入我的小文中。

空间攻占与价值判断

晚上,大嗓门、说话跋扈的霍先生,又没有预先给我电话就来敲我的门。他这种有些粗犷的侵略行为,我有时候已经很难消受了。和他交谈时,自己竟然要控制随时可能爆发的抗暴本能。霍先生有时候倒是热心肠,只是专制心、功利心太重,好拿个大,彪悍,但在义气上有过多算计。我对讲义气的人倒担着心,够义气的人也许很像贾平凹在《秦腔》里写的:"够义气的人都是恶人,他要对你好了,割身上的肉给你吃,但若得罪他了,他就是鳖嘴咬着你,把鳖头剁下来了,嘴还咬着。"所以,我对霍先生,倒不担心什么。霍先生恐怕对我要担着心,因为他需要漆黑一片的统一性,而对于他的圈子而言,我却是个异数;恐怕也因为在他看来我这里有种阴冷的破坏力量。

我几乎不愿意跟霍先生心平气和地说话。他满嘴大词,满嘴价值判断;他恐怕对活的经验从来不感兴趣。霍先生说自己是列宁主义者。我问他认同列宁的哪些观念?他说列宁说哲学史就是唯物主义和唯心主义的斗争史；他还说列宁说没有革命的理论就没有革命的实践。霍先生似乎担心我会把后一句话理解为理论先于实践，这样，列宁似乎就不那么唯物了。所以，他急忙补充说，理论和实践是一体的。他又说，你是自由主义者。我说我不知道自己是什么主义。他说这就是自由主义。他说，你干事情应该是首先考虑怎样对自己有利。我说我做事情首先要管住自己不去害人。其实，这就是自由主义观念，因为自由主义者认为所有坏事中，残酷是最坏的。我说契诃夫是真正的自由主义者，他不可能做出残酷的事情。其实我想说，契诃夫要是干坏事，还不够他恶心的呢，但终于没有说。我也很想说，契诃夫的最高追求是自由，绝对的自由——不受强迫，不见蔽于愚昧，不受魔鬼引诱，也终于没有说。我的腿在床上坐得有些麻，没有送霍先生出门。

较之高低次序的价值话语，不可替代又相互关联更接近事物的本来面貌。拉赫玛尼诺夫说，在艺术中不应当有最重要的；我要补充的是，艺术中的人与物各得其所。

乔伊斯、波德莱尔及结构主义

乔伊斯区别了两种文学写作：一种是发自灵魂的，另一种是走脑的。他认为荷马和莎士比亚的写作属于前者，是用心血浇铸的伟大写作。乔伊斯也许没有读过波德莱尔关于写作的表述。波德莱尔非常讨厌想象对写作的干预。他声称他的写作就是对想象的排除，每个字都经过心智的严格打磨。单从字面来看，这两种关于写作的表述是相互顶牛的，但两位作家所要达到的目标却是同质的。如果含混一点说，他们的意图就是要刻写实情，严格依据经验的现实性立言。

如果要做精确的区分，那么波德莱尔的写作倾向刻写当下的视觉经验；他把心智完全交给了他作为隐含作者的身份。这个隐含作者动用其全部的心力来呈现波德莱尔与其觉知的视像之间的对等关系，最后那些视像因为这一对等关系的确立，自身进入文本秩序。乔伊斯刻写的实情总没有波德莱尔刻写的那么硬朗，那么有对峙主体的雕塑感；那些呈现的视像，让你感到发慌，好像你马上就要被拖进崩溃里去了，然后，他又把你拉回来。

他刻写的是世界投射给他的心影。

从字与像的关系来看,在乔伊斯的文本里是大理石的字承载流动的像的肉;在波德莱尔那里是流动的字承载大理石的像。发挥这两位作者的观点,我猜测结构主义作者所要呈现的就是不走心的想象的秩序,是不确定的字与像间的负负得正。

四十不惑，四十岁就是一生？

周作人自编的《看云集》中有一篇自度的文章：《中年》。文章里面讲到作者为孔子那句"四十不惑"的断言感到困惑，因为他听到他的友人某君说过，人到了四十岁便可以枪毙。由此，周作人颇为感慨地说："两样相反的话，实在原是盾的两面。合而言之，若曰，四十可以不惑，但也可以不不惑，那么，那时就是枪毙了也不足惜云尔。"

2003年春天，我还在杭州求学。有一天，我和同学张晓剑去沈语冰老师家做客。聊天时，沈老师说到他正在阅读某部英文版的康德传记。他还转述说，康德认为一个人到了四十岁，对他的生活世界才会有正确的价值判断。前些天，我在沈老师的网上私人空间"雪泥集2006"中找到典出的原文，和沈老师对原文的译介：

> Whatever happens at forty, it has deep moral implications: That someone has a character can only be proved by his having adopted as his highest maximum the

principle to be truthful in his inner confession to himself as well as in his dealing with anyone else...only at forty can we begin to form a corret conception of things, before forty, hardly anyone is capable of correct judgements concerning the true value of things. (Manfred Kuehn, *Kant: A Biography*, Cambridge: Cambridge University Press, 2001, p.145.)

无论在40岁上发生了什么，它都有着深刻的道德蕴含：唯当一个人将"对自己真诚，对别人也真诚"的原则当作为人处世的最高准则时，他才是一个有人格的人。……而只有到了40岁，我们才开始形成万事万物的正确观念，40岁之前，很少有人能对事物的真正价值做出正确的判断。（M. 库恩：《康德传》，剑桥大学出版社，2001年版，第145页。）

在转述了康德的判断后，沈老师还面带喜悦，且有些兴奋地补充说，康德的判断正好印证了孔子关于"四十不惑"的说法。我当时猜想沈老师可能也是借此来印证自己的问学历程。但过后我才知道他那时还不到四十岁。现在想起这件事，突然联想到钱锺书的那句名言："东海西海，心理攸同；南学北学，道术未裂。"不过，康德和孔子显然都是在描述他们当下意识中自己个人化的过往。鲁迅到四十岁时，还总想着自杀，以求解脱。可能文学家和哲学家在人生的大是大非上,入思的角度总是相互拧着的。

很多天前,我在网上搜索陀思妥耶夫斯基的英文信息资料,发现《地下室手记》的英译电子文本,就下载下来在电脑上阅读。在《地下室手记》中,陀思妥耶夫斯基也说到四十岁,而据我掌握的信息,《地下室手记》出版时,陀思妥耶夫斯基已经四十三岁了。陀思妥耶夫斯基在这部小说中假借叙述者之口说,四十岁就是整个一生,是一个人年龄的极限,超过这个限度,一个人的生活方式就会变得恶劣,那是猥亵的,是不道德的。陀思妥耶夫斯基的这位主人公还认为,凡活过四十岁的人都是傻子和废物。这位主人公声称自己之所以这样说,是因为他对四十岁的一生有了明确的判定。他说:

> It was not only that I could not become spiteful, I did not know how to become anything; neither spiteful nor kind, neither a rascal nor an honest man, neither a hero nor an insect. Now, I am living out my life in my corner, taunting myself with the spiteful and useless consolation that an intelligent man cannot become anything seriously, and it is only the fool who becomes anything. Yes, a man in the nineteenth century must and morally ought to be pre-

eminently a characterless creature; a man of character, an active man is pre-eminently a limited creature.

我不仅不会变成一个心怀歹毒的人,甚至也不会变成任何人:既成不了坏人,也成不了好人,既成不了小人,也成不了君子,既成不了英雄,也成不了臭虫。现在,我就在自己的这个栖身之地了此残生,愤恨而又枉然地自我解嘲:聪明人绝不会一本正经地成为什么东西,只有傻瓜才会成为这个那个的。是的,您哪,十九世纪的聪明人应该而且在道义上必须成为一个多半是无性格的人;有性格的人,活动家——多半是智力有限的人。(臧仲伦译)

从小说叙述者的视角来看,一个没有个性的或此或彼的人是最有价值的,人的个性一旦定型就受到了限定,和生活世界的关系不再是创造性的了。但这位主人公在小说中却不主张到四十岁就死掉,他要让自己活得更久,为了证实自己的判断。

文人的困境

在中国,文人相轻,自古已然。曹丕虽然早就敏感到这一现象,但他以占据所谓稳定的价值自居,褒奖文业,评定文人的等级次序,却忘记细查文人相互争执的内在缘由。今天,借助尼采的眼光,问题的症结显得更加透明,主要体现在文人因为太过个人主义而相互间的立场不可调和。文可以促成人的自觉,塑造人观看世界的独特方式,独特方式间的千差万别就是尼采的视角主义。文人把自己观看世界的方式等同自身的价值,而这种方式却不是文人可以单独占有的,它既是对语言的形式整体的隐喻,又是移动的能指。

你可以这样同情地理解异己的立场,但这种同情即使在公共空间说出来也不会被领情,和在公共空间强调自己的立场一样,都可能会导致相互伤害。社会生活分割成一个个区块,个体的人在群体交往时,如果媚从公共话语,其实就是放弃了描述公共语境中的个人位置,是对个人自身真情实感的镂空。如果想立言于个人如其所是的境况,那么所动用的话语就是个人性的,往往不能共享，或经常遭受误解。这种个人性的话语一旦在公共语境中被使用就会遭受各种结构的排拒。

乔伊斯在《一个青年艺术家的画像》中讲到对抗这种困境的三种方式：沉默、机智、流亡。没有叙述就没有个人的公共生活，虽然流亡能守护个体的实情，但公共生活是不能缺失的，而施行同流不合污的机智，公共生活的意义就显得无足轻重了。在乔伊斯身上，沉默、机智、流亡，只是一种正确的观念，它们既被实践着，又被破坏着。倒是康德更能理性地保持沉默地在场，即使面对权贵，也能直言自己所说的必是真实，但有权利保持沉默。可能因为康德信仰的不是艺术形式，而是头上的星空和心中的道德律令。

我到底能怎样活着呢？最好是间离地见证自己偶尔在自我中的狂喜和在结构中的不断崩溃。

封锁

上学期，在三个班讲了24节课的《封锁》。每个句子先读一遍，再拣出里面的细节进行分析，除了运用张爱玲的传记材料和夏志清的小说史，还参照了电影和绘画两个文类，并将事件发生的情境进行场景重建；偶尔遇见较西化的句式，就举出与之接近的英文句式比对；遇见一些较西化的用词，也举出相似的英语词组。

吴翠远上车时，她的脸，除了下颌，被一张撕开的奶粉广告招贴画遮住了；随后，她上车买票，整个动态过程依次收入吕宗桢的视线。在这里，我依据主观镜头来反观摄影机和吕宗桢，以及奶粉广告招贴画的位置，再比照现实经验还原吕宗桢所在的位置。他只有挤在离车门有一段距离靠近车皮的位置，才有可能见到吴翠远的下颌连接那张招贴画上胖娃娃的大半张脸，而这一情境的出现，需要在他前面还挤有几个乘客。那样，他的视线就会被遮挡，他便无法看到吴翠远上车买票，并依次向他呈现五官的情形。况且，孤岛时期的上海是一窝蜂拥挤乘车的吗？果真如此，吕宗桢在车外观看吴翠远上车的可能性就被排除了。如果他的位置是在车内，同样需要离开车门一段距离；而且要靠近车门一侧的车窗。售票员如果有固定的位置，吕宗桢坐着看他的视线就不会被遮挡。由此，可以推断当时的头等车厢里不设站票。吕宗桢为了躲避他太太的姨表妹的儿子董培芝，我通过虚拟摄影机位置在董培芝和吕宗桢间互换，来确定他们间的透视关系和吴翠远的位置。山东乞丐的乞讨声与山东司机的应和通连了车厢内的空间和街上的空间，与之相对应的电影手法是声画蒙太奇。封锁时的铃声切断了时间与空间，我把铃声比作两格胶片间的空白。

吴翠远留着规矩的发髻，身穿白洋纱旗袍，手提遮阳伞。这一意象在色彩与形态上和莫奈《带遮阳伞的女人》极为相近。我在这里引入张爱玲对印象派绘画的接受，指出吴翠远这个形象的塑造与张爱玲艺术教养间的互文性；同时比较分析吴翠远与带遮阳伞的女人这两个形象在构成上的异同。关于拣出的西化句式，现在只记得"在电话上讲……"，这分明直接用了 on the telephone。

普通人一天被生活忙忙碌碌地生活着。他们没有，也不需要观看生活的形式手段。他们需要艺术作品是为了被指导如何生活，而不是按照生活的本来面貌观照它。遇见使生活如其所是的作品，他们也许会像凯列班，无论在这面镜子里看得见自己与否，都会暴怒。张爱玲因为熟读古典章回小说,深谙现代艺术文类,带着这样的形式记忆,使得她经遇的生活更容易被赋予超越的秩序。如此这般,她既能沉身于世俗,又能间离地观照它,俨然已经清俊得通脱于人世的常识掌故了。

现实与意识中心的互文

很多评论者认为《秋菊打官司》是张艺谋导演的最好的影片，依据通常是影片的纪实风格。然而这些人的艺术判断是经不住推敲的。影片中唯一称得上纪实的部分是巩俐在咸阳的大街上被张艺谋偷拍的场景。但在这一场景中，主人公秋菊并没有作为意识中心的功能，她只是一定要被张艺谋偷窥到的张艺谋偷窥意志的对应物。秋菊和她周围的现实环境没有任何有机关系：我们看不到秋菊对现实的看；我们只能看到张艺谋对秋菊的看；秋菊与那条大街上的现实生活间的关系被张艺谋专制地看断裂了。如果还有什么现实被记录的话，那就是巩俐自我戏剧化后的秋菊。

蔡明亮是懂得如何纪实的。他的短片《天桥不见了》，是把现实中的天桥提纯到形式，通过它，演员与现实发生争执，确立相互对等的主体位置。于是，现实进入了演员的活的经验而呈现了自身的如其所是。艺术纪实不是实录现实生活本身，而是激活现实生活的内在秩序。直接从现实生活中提取形式元素是一种非常实用的手段。

贾樟柯正是这样一路探索下来，流行歌曲、BP机、手机短信、闪客，这些都是他从现实中强化出来的形式。不过，在《世界》中，二姑娘的欠条不应该用闪客来表现。现实生活中这样可以提纯到形式的元素还有很多，比如MSN、QQ、POP、BBS、BLOG，只要它们不是观念的对应物，通过它们，导演放在现实中的意识中心与现实相互确立了自身的主体位置，这就是现实内在秩序的被激活。像"小鞋子""手机"和"自行车"就没有被那三位导演提纯到形式，只被赋予了主题的功能，所以，那只能算是专制叙述。

艺术家所要做的不是把现实原封不动地搬进文本，而是因为文本使它们自身的如其所是被激活。田壮壮也一样混淆了形式和主题，他的《茶马古道》其实是在搞象征，但自己还以为是在纪实呢。他这样的做法，还不如陈凯歌。陈导演不再重蹈《和你在一起》的覆辙，不再要生硬地混到我们当中来，而是通过制作魔幻电影《无极》，邀请我们和他在一起混到他用自己的存在主义生活观霸凌出的形式中去。

女演员的给与艺术

很多人都激赏张曼玉的演技。这个激赏的起点也许就是她在《新龙门客栈》中成功塑造了野店老板娘这一形象。该形象是既性感又热辣，还有道德上的侠义。但我的感受和这些人不同，张曼玉在那部片子里被赋予了过多的情色，这是她那有些硬棒的躯体所不能负载的，所以，她在片中就显得太"演"了，仿佛真的久惯牢成过一般。于是，关锦鹏赶场样的又让她来演阮玲玉。看张曼玉演阮玲玉，我是浑身不舒服，几乎要起满鸡皮疙瘩了。我从没有把这部在柏林获奖的片子看完过，而此前，我还没有看过一部阮玲玉出演的电影。

后来，终于看到阮玲玉出演的《神女》，就更觉得张曼玉演的阮玲玉不可看了。张曼玉的演是有些一根筋的，如同《金瓶梅》里的宋蕙莲，她的向上爬的草根精神，是要时刻苟同大众偷窥德性的，从而把自己的演像全力用斧头劈木桩一样展示给大众。阮玲玉和张曼玉的区别是：阮玲玉对待自己演的可靠性总是带着疑虑的，是一种不得不如此的专注；张曼玉却是一头扑过去，夹生得有些不管不顾了。张曼玉若是演靠诚实劳动为生的农家女，或清洁工，就更加本色当行，像《阿飞正传》中那个卖汽水的（我至今也认为《阿飞正传》是王家卫导演的最好的影片），或者《甜蜜蜜》中那个拖地板的。

看到在网上登载的阮玲玉的遗书时，我发觉自己和那些文字并不隔膜，感到她只有写下这样的文字才和她的肉身是匹配的。此前，得知阮玲玉最初公布的遗书曾经被唐季珊造了假，说阮玲玉的死是因为畏惧人言，连鲁迅先生也这样说，还尖刻地派了小报的许多不是。凭我的直觉，阮玲玉的自我认同和大众的评判是有距离的。作为艺人，她对大众的意识形态显然是畏惧的，所以，她对茶叶大王唐季珊的需要就如同张玉良对潘赞化的需要，并非恋父，而是寻求世俗屏障，或者是一种近乎神性的庇护。可唐季珊把自己的实情做了删节，只把他自己的缩写本呈现给阮玲玉。发挥达·芬奇的说法，缩写本是损害知识和爱的，而爱就是对实情彻底地给出。阮玲玉对唐季珊的信靠显然优先于对他的爱，正因为如此，她也不能承受唐季珊对她的背叛，而只身陷入大众偷窥德性的洪流；也正因为如此，她对唐季珊的恨是不能彻底的，并在遗书中留有一半的信赖给他。

《阮玲玉》的电视剧版是由吴倩莲出演的。我偶然在电视里看到吴倩莲念阮玲玉遗书的一个场景，心里几乎战栗起来了。吴倩莲做演员的资质,在我看来都是值得商榷的,倒是李安慧眼识丁,她确是适合演跨国公司的白领,她的水泥板样的身段穿套裙,显然比穿旗袍更合身。

　　法国新浪潮的戈达尔眼光毒辣。伯格曼的喜剧片《欢乐颂》(*To Joy*)中,有一个特写镜头是女主角尼利注视摄影机的眼神,戈达尔认为这是给伯格曼的。我以为,那是她最愿意给,也是伯格曼最想让她那么给的。女演员的给总不是先给艺术的,只有在她彻底地给了,然后才会是艺术。她的给怎么才能是我们观众最想送给自己的?巩俐在她的早期电影中也是很给的,张艺谋想怎么要,她就怎么给。可张艺谋总要个没有止境,巩俐也就给个没完,弄到最后,演戏成了他们的私生活,把观众和他们戏里面的男演员一样晾在一旁,就像闲置的高光烘托他们的自给自足。巩俐在电影中和张艺谋相互默契地给与要,仿佛稳定的夫妻关系一样已经定了型,连陈凯歌这样的大师也有些不识相,看不出巩俐已经给在别处了,还要让她演艺伎菊仙,男主角段小楼即使很会要,也是要瘪回去的。所以,《霸王别姬》里,凡涉及段小楼和菊仙间的情节,我都要硬着头皮当过场戏来打发的。不过,这部电影里面也有一次出色的给,就是张艺谋探班时,巩俐在戏里对戏外的张艺谋相视一笑,那是在片中巩俐最出彩的表演。

格林纳威的《八又二分之一女人》中的老鳏夫长得很像费里尼。他问儿子：为什么费里尼影片中的女演员，都那么有活力？我想，她们太多了，费里尼全都想要，反而要不好了，她们全都争着要给，反而也给不好了。给不好，还要给，就要讲究给的艺术了，她们真正的给也就成了隐喻。这样的关系不像张艺谋和巩俐那么稳定了，我们做观众的躲在错觉里，以为也能从中捞一把的。

我猜测阮玲玉也想要彻底给蔡楚生的，蔡先生是谦谦君子，憋着自己要人的念头而要艺术。这中间的冷，使得阮玲玉的给也同样是隐喻的。阮玲玉付给张达民的德性，以及她对唐季珊用死来报复，又留有对他一半的信托，这分明也是先给在别处的。别处的不要，我就彻底地不给，反而就是真正要给的隐喻了。

从欧化句式谈及精确表述

在一期电视节目《李敖有话说》中，李敖批评了鲁迅。抛开实证精神或考据癖的可贵外，李敖说出的句子多没有逻辑谨严的气力，像有一段假肢隔在事实和他的结论之间。他敢于苛责大师的劲头是难能可贵的，但因为做不到精确，便遗憾地露出聒噪的把柄了。

这一回，李敖在诟病鲁迅写下的文句时，全不管当初鲁迅问难汉语的逻辑依据是否正当，只把它认作是百灵鸟学猫叫就了事了。李敖调笑鲁迅的长句子，说有谁懂？可李敖是懂得猫叫的，就像乡下人都懂得猫叫一样，而他这里说不懂就很难说是猫叫了。因为古汉语的表述缺乏赛先生样的精确，放眼世界的鲁迅才取经欧陆语系的句法结构。讲究确当的措辞也是福楼拜留下的传统，他也讲到要给文学语言以科学的精确。

欧陆语系的语句越是讲求精确的表述，补饰的成分越是繁复，因为所表述对象的诸特征是共时在场的，只有结晶成一体才能见出鲁迅所言的凝聚的精神和力量。到现代主义那里，这样的表述更加剧烈了。根据英伦才子德波顿的测算，普鲁斯特写过一个长46米的句子。这在李敖看来，也许不过就是扭作一团罢了。大约只能用作证明李敖的阅读质地太过疏松吧！好像吃惯了注水猪肉的，偶尔吃到了纯粹的、没被做过手脚的猪肉，牙间、胃里都满是坏的印象了。

中国人，不单只有李敖是反对欧化句式的。前一时，周克希先生重译普鲁斯特《追寻逝去的时光》。该书的第一卷在付梓之前，被时下在上海滩炙手可热的名作家王安忆和陈村等汉语人审看了一回。王先生很有温柔的心肠，凡跨越语际的事情总是先要为国人着想的。她认为普氏的句子太漫长，最好拆成短句子，才能被很好地理解。周先生也符合国情地应承了。可这一拆，鲁迅所倡导的句中的神和力也就离散了。对于我，现在只期望去读通法文了，再美的女人，倘被大解了八块，再用这些片段重造一个格局，我是不会去爱的，因为七宝楼台，碎拆就会不成片段。

李敖还轻薄地以为鲁迅的语言资质是被古文、日文，还有德文弄坏了的。可现代汉语是从天堂里掉下来的吗？当代名家的书写做到鲁迅所说的精确了吗？当然，他们总那么受众地看问题，总要在噪声里省却思考自己个人确当的话语位置，然后假借大众来耀武扬威一番。

反讽、哈姆莱特、苏格拉底

我在念大学的时候,受刘小枫的影响,读过克尔凯郭尔的两本书:《恐惧与战栗》和《一个诱惑者的日记》。这两本书其实都是反讽式著作,即书中的意识主体都严肃认真地对待自己生存境遇的偶然性。

《哈姆莱特》就是一部最杰出的反讽杰作。哈姆莱特作为情人、儿子、王子都是灾难性的,他的反讽人格与其生存世界中各种由意识形态塑造的人格的间性总是扭曲的。莎士比亚认为在专制氛围下,反讽人格必然被引向残酷的境遇,而他自己却走向了自由。从莎士比亚的眼光看过去,那些记录苏格拉底的著述,因其作者倾向认同专制体制,都把苏格拉底塑造成一个性格扁平的人物。换句话说,苏格拉底只有叙述出自己与其生活世界紧张的间性,同时,作为作者的苏格拉底与作为叙述者的苏格拉底的间性又是自由的,那么反讽的苏格拉底才能现出其本来面貌。

拉架与自然主义

有天晚饭的光景，因为要帮家母生前的一位朋友拿药，我一路小跑着往校门去。见到城管的车来了，原本横七竖八的老爷车群正四散而去。一辆平板人力车的车主却忙着和一个中年男子在争执着什么。我再次回头时，先是看到车上装着的两层蜂窝煤，接着就看见那个中年男子一拳打在车主的脸上，车主虽然也不停地还手，但显然那个中年男子更加利落，又踹了车主一脚。两个人揪扯在一起。我见此情形，一个箭步到他们近前，用两手把他们架开。

把他们架开时，我做得很利落，可要把他们规劝平静了却很困难。他们俩还在破口对骂，做出各种进攻的动作。我见势，就把中年男子架到斑马线处，说算了，算了，不要打了。他的一个朋友也上前劝说。我于是又回到那位车主身前。车主正在打开锁车的铁锁链，估计是打算用它攻击那个中年男子。我急忙抓住他的手，说冷静点，算了。车主于是转过身用右手指着那个中年男子大骂，那个中年男子也在回骂，一边骂一边要往这边冲过来。我于是挡在车主前面，把他往车子的方向推。车主又要开他的铁锁。我又抓住他的手说，算了，不值得，你快走吧。这时，我回头看一下，那个中年男子可能已经被架走了，就又跟车主说，算了，别打了，不值得。我本来想说你承担不了后果，但终于没有说出口。又劝了几句，见车主开始推车了，我就赶忙去路对面的车站接药。

后来回想到那两个男人打架的事，我想到了自然主义。这个术语专指一种文学思潮，把客观性科学原则带着距离地应用于人类研究。通过对人类的客观化研究，自然主义作家相信控制人类的力量背后的规律可以弄清楚。由此，自然主义作家借用科学方法进行小说创作，研究控制人类的本能和激情，以及人物受到遗传和环境力量控制的生活方式。本能和激情在这两位打架者的身上已经涌露出来，这个主体事实已经无法改变，但可以改变从环境而来的力量，可以让个体的激情相互分离，从而通过消解来自环境的激化力量而改变事态。

这里面暗含一种矛盾，因为拉架的人必须以释放力量的方式介入打架者的经验，但却要与那经验保持距离，不然，可能会助燃战火。可这个距离如何保持？借助自然主义文学观念，拉架人首先要具有对于经验进行特别的审美重建，然后，在打架者中间释放出隔断双方的力量。

珍珠的质地与文体

一些能在主体那里唤起活的经验的客观对应物确定了主体的位置，而书写这些活的经验，使它们呈现作为自身的本来面目，我们就会向清白的主体还原。这样给出的文体就是清白的文体，它的色彩是另一种青白，就像珍珠的横切面，是活的经验釉进了清白的形式。

我一想到自己理想的文体就会想到珍珠的质地。它也许就是我关于文体经验的最直接的客观对应物。男性的审美标准的经验基础通常是对女性的审美直观。标致的化过妆的女人总不能给我直接的审美愉悦。那样的浓妆艳抹就像傩戏中的面具舞蹈，因为活的实情和主体是在被包办着言说，强烈地要诉诸视觉的不是她们的自身，而是一些钝的、浑浊的形式。在我看来，这种华丽的强烈只是一种强有力的批判力量，而形式是一定要透明的，它只是实情投上去的荧幕。

我也总不能发自本心地欣赏电影中的战争片、恐怖片和科幻片。它们的形式虽也透明，但内容却浑浊了。我在想象里很是欣赏涂珍珠粉的女人，倒不敢确定是否真的见过这样的女人。我只是知道她们中的某些人把珍珠粉调到水里来喝。若把珍珠粉敷在脸上,我的想象是它并不把主体的实情遮掩起来,而是把它们从当下的存在状态吸附到只作为它们自身的形式中。它让你还原到你自身曾经的所是,而不是对你作为实情的架空。

我以为普鲁斯特的文体就是珍珠的质地,是当下的主体不断地向自己的意识史还原到清白的过程。用伯尔的话讲,就是绝对存在之实现。读普鲁斯特的小说让读者觉得就这样最好,不需要别的任何方式了。博尔赫斯的文体也给出了一种清白,是把博尔赫斯的自己与现实竭泽而渔地过滤到清白的形式里。他的文体没有确定他自己的主体位置,而是确定了对主体的幻觉。博尔赫斯一生都在把文学批评当作文学来书写,竟忘记书写文学本身了。这样看,他的清白文体所确定的应该是一个读者清白的主体位置。如他在诗中写道:

> 从前,哪个时候
>
> 在迦太基的院子里
>
> 也下过这样的雨

后记

2003年，我从浙江大学硕士毕业，来到陕西师范大学文学院教书。在教学与体验艺术文本的间隙，我开始在论坛和博客上分享自己的立时经验，即用句子捕捉当下的事物，有亲见、亲闻的物理事实，也有亲见、亲闻的语言指称的虚拟实境，渐渐对规训句法有了自觉。这本小集子就是我通过论坛、博客，以及后来的微博、微信朋友圈在句法自觉的基础上训练造句的节选。

大约是从2001年冬天开始，我的阅读和研究重心聚焦在乔伊斯的著作上。常年阅读乔伊斯的小说及相关的研究文献，尤其是在2007年我去首都师范大学攻读比较文学博士后细读了休·肯纳研究乔伊斯的专著，使得捕捉立时经验、视点、查尔斯舅舅原则，连同既卷入又间离的观察姿态，渐渐成为我观察艺术文本和自我意识的尺度。这个观察尺度是与文学印象主义一脉相承的，亨利·詹姆斯将它理解成：

> 一种偷窥（voyeurism），而小说不止是一面透明的镜

子，也是开启的一扇窗。所以，透明只是故事的一个层面，在窗的后面是讲故事的人，借助他的眼睛，或玻璃滤镜，图像开始形成清晰的印象。对于任何留心观看的人，窗外的景象都是同一和可接近的，而艺术家的技艺可以使他的视景特征化。超越作为手段的窗的型格的，是艺术家的意识，即作为观察者的人物，他过滤而且提炼了窗外的景物。

这本描述立时经验的小书大抵可以界定为阅读与意识的形状，诉求知觉主体与知觉客体相互疏隔地关联，尽力遵守古希腊科学精神处理词与物的关系，不夸大、不扭曲、不贬损，如其所是地在造句的光亮中显现阅读与意识间相互形塑。

特别感谢漓江出版社接受和出版本书，真挚感谢责任编辑黄圆、宁梦耘老师为本书付出的时间和精力。

同时，由衷感谢杨志友博士、刘丽霞博士、刘金华老师、李亦辉老师、马聪敏老师和刘倩同学对本书初稿的阅读和推介。

文学院教师的日常工作，除了上课，就是研读学术论文，概念加逻辑的思维常态，使自己的脑子越来越坚硬如岩石。这本小书是在论文重压之下野蛮生长的闲章，就像"抱石草"，给灰色的岩石添加了生命的一抹青。是为记！

吕国庆

2023年10月2日于西安郭杜镇